Geheimnis und Vertrauen

Eine Geschichte.

Band 3

Elisabeth Sibthorpe Pinchard

Writat

Diese Ausgabe erschien im Jahr 2024

ISBN:

Herausgegeben von
Writat
E-Mail: info@writat.com

Inhalt

KAPITEL I.

—— Infizierte Geister
werden ihre Geheimnisse auf ihre tauben Kissen legen. ——
Eine große Störung der Natur ,
wenn man gleichzeitig die Wohltat des Schlafs und die Wirkung des
Wachens erhält.

MACBETH.

Laura, St. Aubyn , O'Brien und Mordaunt saßen auf der einen Seite des
Feuers, vor ihnen das Tablett mit den Sandwiches; auf der anderen Seite, auf
einem Sofa, sah Ellen einen großen, dünnen jungen Mann, der tief in
Gedanken versunken war und ihr Eintreten nicht bemerkte. Eine blasse,
kränklich aussehende Hand hing bewegungslos an seiner Seite, die andere
beschattete seine Augen, und über seine Stirn fielen seine schwarzen Haare
in ungeordneten Locken; seine Kleidung, obwohl die eines Gentlemans, war
offensichtlich vernachlässigt, und sein ganzes Erscheinungsbild war

„Hängend, kläglich, blass, wie ein Verlorener ;
oder verrückt vor Sorge, oder gequält von hoffnungsloser Liebe!"

Als Ellen eintrat, stand St. Aubyn auf und sagte mit gedämpfter Erregung
leise:

„Meine Liebe, wir haben auf Sie gewartet." Dann etwas lauter: „Mylord De
Montfort, erlauben Sie mir, Sie vorzustellen...", er stockte und sah aus, als
fürchtete er sich, den Namen auszusprechen, „... meiner Frau... Lady St.
Aubyn ?"

Während er sprach, schreckte Lord De Montfort aus seinen Träumen auf,
schüttelte die Locken zurück, die sein Gesicht beschatteten, und zeigte ein
schönes, aber blasses und ausgezehrtes Gesicht. Einen Augenblick lang
blitzten seine hellen schwarzen Augen auf und seine Wangen färbten sich
vor plötzlicher Erregung rot. Er trat hastig zwei oder drei Schritte vor, als
wolle er einen wohlbekannten Freund begrüßen; doch als er Ellen sah, die
halb erschrocken an St. Aubyn lehnte , blickte er sie einen Augenblick mit
einem so ernsten und doch melancholischen Ausdruck an, dass er sie zutiefst
berührte. Sie machte ihm eine Höflichkeitsgeste , und er neigte mit der Miene
eines vollkommenen Gentlemans den Kopf, sprach aber nicht und warf sich
dann wieder auf sein Sofa.

Ellen bemerkte, dass St. Aubyns Körper vor unterdrückter Erregung zitterte und dass ihr eigener Körper vor einem undefinierbaren Gefühl bebte.

„Kommen Sie, Lady St. Aubyn ", sagte Laura, „setzen Sie sich hier ans Feuer; Sie sehen blass und kalt aus; Sie sollten sich beim Überqueren der Halle und der Treppe wirklich nicht der Nachtluft aussetzen."

Ellen setzte sich freudig, und während sie ihre kleine Mahlzeit einnahmen, blickte sie zu dem jungen Mann hinüber, dessen geheimnisvolles Wesen sie mit Gefühlen von nicht sehr angenehmer Bedeutung erfüllte: sie sah, dass er sie unter dem Schatten seiner gebeugten Brauen aufmerksam ansah. Die unheilvolle Düsterkeit seines Gesichts schien ihrer gequälten Vorstellungskraft ein schreckliches Ereignis vorherzusagen, und sie wurde so blass, dass Laura, als sie es bemerkte, ihr ein Glas Wein in die Hand drückte und sie bat, es zu trinken. Bevor sie gehorchen konnte, rief St. Aubyn sagte:
-

„Ellen, weder meine Bitten noch die seiner früheren Freundin, Miss Cecil, können Lord De Montfort dazu bewegen, auch nur die geringste Erfrischung zu sich zu nehmen. Versuchen Sie, meine Liebe, ob Sie ihn dazu bewegen können, ein Glas Wein mit Ihnen zu trinken."

Ellen bezwang plötzlich ihre aufgewühlte Stimmung und sagte: „In der Tat, Mylord, ich wäre sehr glücklich, wenn Lord De Montfort mir diese Ehre erweisen würde . Darf ich, Mylord", sagte sie zu ihm, „es mir zur Aufgabe machen, Sie darum zu bitten, dies zu tun?"

Der sanfte, überzeugende Ton ihrer Stimme schien ihn zu berühren. Er stand auf und sagte mit tiefer, melancholischer und eindrucksvoller Stimme:

„Auf *Ihren* Wunsch, Madam!"

Er trat vor und nahm von Laura ein Glas Wein entgegen, das sie ihm anbot. Er verneigte sich vor Ellen und hob das Glas an seine Lippen, rief aber sofort, während sein ganzer Körper vor Aufregung zitterte, aus:

„Ich *kann es nicht* trinken! In *diesem* Haus! Oh, Gott!"

Er ließ das Glas fallen, bedeckte sein Gesicht mit den Händen und eilte aus dem Zimmer.

O'Brien folgte ihm sofort, während die kleine Gruppe, die zurückblieb, in stiller Bestürzung und Verwunderung dasaß. Doch St. Aubyns Erregung war eher von Ärger als von Überraschung geprägt : Er lief ein paar Minuten mit hastigen Schritten durch den Raum, dann näherte er sich Ellen und sagte, ihre Hand in seiner, die vor Aufregung zitterte, ergreifend: „Diese Szene war zu viel für dich, meine Liebe. Hätte ich mir vorstellen können, dass De Montforts Verhalten so wild sein würde, hätte ich ihn nicht hierher gebracht.

Aber lasst uns Nachsicht mit ihm haben – er hat seine Schwester verehrt ." St. Aubyns Stimme schien von tiefen, widerstreitenden Leidenschaften getragen: einen Moment lang hielt er inne, dann fügte er hinzu: „Du solltest dich besser zur Ruhe begeben, meine Liebe, und du, Laura. Ich nehme nicht an, dass dieser junge Mann heute Nacht zurückkommt."

Er klingelte und erkundigte sich beim Diener, wo die beiden Herren seien. „Sie waren im Arbeitszimmer, Mylord", sagte der Mann, „sind jetzt aber in ihre Zimmer gegangen, die Mrs. Bayfield ausrichten ließ, dass sie für sie bereit seien."

Die Damen erhoben sich, um sich zurückzuziehen, gerade als Mr. O'Brien zurückkam: Er überbrachte Lady St. Aubyn die Entschuldigungen seines Schülers und sagte, Lord de Montfort bedauere zutiefst, dass sein Kummer sich so deutlich gezeigt und sie zweifellos beunruhigt habe. „Verzeihen Sie ihm, Madam", sagte O'Brien: „Dies ist das erste Mal seit dem Tod von Lady St. Aubyn, dass er in diesem Haus oder überhaupt in England ist : und die Erinnerungen an die Schwester, die er so jung verloren hat, die Schwester, die er angebetet hat, waren zu viel für ihn."

„Sicherlich", sagte Laura, „muss er ungewöhnlich an ihr hingen, denn sechs Jahre haben sie nicht aus seinem Gedächtnis gelöscht." Sie seufzte – die Träne stand ihr im Auge; denn sie dachte – „Es ist kaum so viele Monate her, dass ich die süßeste Schwester der Welt verloren habe, und doch ist sie vergleichsweise vergessen."

"Er hegt jede Erinnerung an sie", sagte O'Brien, "mit eifriger Sorgfalt: er trägt ihr Porträt ständig am Herzen. Bevor wir Spanien verließen, bestand er darauf, ihr Grab zu besuchen, und war so tief bewegt , dass ich um seine Vernunft fürchtete. Bei Ihnen, Mylord St. Aubyn , sollte ich mich für Einzelheiten entschuldigen, die Sie, wie ich sehe, beunruhigen, aber ich hielt es für notwendig, das seltsame Verhalten meiner Schülerin zu erklären."

St. Aubyn verneigte sich, aber auf seinem ausdrucksvollen Gesicht waren Spuren von Ärger zu erkennen. Mr. Mordaunt erkundigte sich nach dem gegenwärtigen Zustand von Lord de Montfort, worauf Mr. O'Brien antwortete, er habe ihn im Bett und einigermaßen gefasst zurückgelassen; er habe sich bereit erklärt, am nächsten Morgen mit der Familie zu frühstücken und sich bei der Gräfin persönlich für die Aufregung zu entschuldigen, die er ihr bereitet habe.

Die Schöpfkellen zogen sich nun zurück und gingen jeweils in ihr jeweiliges Zimmer. Lady St. Aubyn ging durch ihr eigenes Zimmer in das, in dem das Kind lag: Sowohl das Kind als auch seine Amme schliefen ruhig. Sie kniete einen Moment neben dem Bett nieder und betete inbrünstig zum Himmel für die Gesundheit und das Glück ihres Kindes und für seinen Vater, der durch eine mysteriöse Störung bedroht schien. Der Kontrast zwischen dem sanften Schlaf, der ruhigen Unschuld des Gesichts des Babys und dem Bild der Angst und Verwirrung, das sie verlassen hatte, berührte sie tief. Tränen liefen ihr über die Wangen und benetzten die kleinen Hände, die sie an ihre Lippen gedrückt hielt. Schließlich erhob sie sich und kehrte in ihr Schlafzimmer zurück , wo Jane wartete, um sie auszuziehen: „Beeil dich, Jane", sagte sie, „ich bin müde." Jane gehorchte schweigend ; denn die nachdenklichen Blicke ihrer Lady hatten die Macht, sogar ihre redseligen Neigungen zu beruhigen.

Nach ein paar Minuten lag Ellen auf ihrem Kissen und das stürmische Pochen ihres Herzens begann nachzulassen. Nach etwa einer halben Stunde hörte sie St. Aubyn in das Zimmer gehen, das er gegenwärtig bewohnte, und bildete sich ein, ihn, nachdem sein Diener ihn verlassen hatte, deutlich im Zimmer auf und ab gehen und schwer seufzen zu hören. Aber das war vielleicht hauptsächlich Einbildung, denn der Wind heulte und schluchzte noch immer um das Schloss und durch seine große Halle und die langen Galerien. Manchmal klang er wie das leise Stöhnen eines Menschen, der Kummer oder Schmerz empfindet, dann erschütterte er in schrilleren Böen die hohen Zinnen oder fegte über die Wipfel der hohen Bäume, die sich unter seiner Macht bogen und raschelten.

Ellen, ruhelos und beunruhigt, beeindruckt vom melancholischen Gesichtsausdruck und dem seltsamen Verhalten ihres geheimnisvollen Gastes, versuchte vergeblich zu schlafen und drehte sich von einer Seite auf die andere. Nur in den Sturmpausen wurde sie beruhigt, weil sie das sanfte Atmen ihres Kindes hörte. Da die Tür zwischen den Zimmern offen stand, stand dessen Lager so nah bei ihr, dass sie jeden seiner Atemzüge genau unterscheiden konnte. Zwei- oder dreimal war sie geneigt aufzustehen und ihn von der Seite seiner Amme zu stehlen, um an ihrem Bett teilzuhaben; denn sie fühlte, wie froh sie in dieser unruhigen Stunde sein kleines Wangchen an ihrem gespürt und ihn an ihr besorgtes Herz gedrückt haben würde; aber aus Angst, ihn zu stören oder zu erkälten, gab sie ihren Vorsatz auf und versuchte , sich zur Ruhe zu begeben.

Schließlich, kurz nachdem die Schlossuhr zwei geschlagen hatte, fühlte sie, als ob der Schlaf ihre müden Sinne übermannte; doch als sie aus einer momentanen Vergesslichkeit aufschreckte, hörte sie einen leichten Schritt, der sich jedoch anhörte, als ob die Person barfuß ginge, sich der Tür ihres Schlafzimmers nähern . Sie wusste, dass der Schritt offen war ; denn für den Fall, dass das Kind krank war oder zusätzliche Hilfe brauchte, ließ man ihn immer offen. Aufschreckend lauschte sie: Ihr Atem wurde kurz und ihr Herz schlug hörbar, als die Schritte immer näher kamen; doch ohne ihre Geistesgegenwart zu verlieren, zog sie den Vorhang beiseite und richtete den

Blick auf die Tür, bereit, ins innere Zimmer zu rennen, sollte, wie sie jetzt zu erwarten begann, ihr ein nächtlicher Räuber ins Auge fallen.

Langsam, langsam öffnete sich die Tür, und eine große, dünne Gestalt, in ein weites Nachthemd gehüllt, erschien darin. „Schwester! Schwester !", sagte eine Stimme, leise, zitternd und eindringlich: „Schwester, bist du wach? Du hast mich gebeten, dich früh zu rufen."

Die Gestalt! Die Stimme! – Oh, was wurde aus Ellen, als sie in beiden den wilden, geheimnisvollen De Montfort erkannte! In seiner blassen Hand trug er eine Lampe, deren blitzendes Licht von Zeit zu Zeit auf sein düsteres Gesicht fiel; während seine hellen schwarzen Augen zwar offen waren, aber, oh! „ ihr Sinn war verschlossen."

Als er das Zimmer betrat, wiederholte er erneut in demselben tiefen, traurigen Ton: „Schwester *Rosolia* ! Was, schläfst du noch? Du hast gesagt, du würdest früh aufstehen und mit mir gehen." Dann hielt er inne und schien stehen zu bleiben, als lausche er auf eine Antwort; doch plötzlich, mit einem Aufruhr der Erinnerung und einem schweren Seufzer, rief er aus: „Oh ja, ich erinnere mich! Zu gut erinnere ich mich! Du kannst nicht aufstehen: du wirst nie wieder aufstehen! – *Du bist tot! Du bist tot! Du bist tot!* "

Wieder entstand eine feierliche Pause, und nur Seufzer, die seine Brust zu zerreißen schienen, durchbrachen die schreckliche Stille des Augenblicks.

Wieder sprach er mit handlungsorientierter Energie, als ob seine schlaftrunkenen Unruhen in einen rasenden Zustand ausbrechen würden, und er wandte sich an jemanden, der mit ihm gesprochen hatte, als wolle er ihm antworten.

„Aber hat er dich ermordet? War es St. Aubyn ? Sag es mir, ich beschwöre dich, und antworte *wahrheitsgemäß* . Verurteile nicht deine eigene Seele, und, oh Rosolia , verwickle meine nicht in die Verurteilung durch eine Lüge! – Eine Lüge! – *Können die Toten lügen? – Und du bist hierher* zu mir gekommen – ja, *hierher* , in genau dieses Zimmer, in dem du in unseren unschuldigen Schultagen zu schlafen pflegtest – um mir die Wahrheit zu sagen – die *Wahrheit* , Rosolia ."

Und nun schritt er mit schnelleren Schritten durch das Zimmer, als verfolge er jemanden, der vor ihm geflohen sei, und doch wich er mit jener wunderbaren instinktiven Kraft, die Schlafwandler oft begleitet, jedem Hindernis aus.

"Nein, flieh mich nicht!" rief er aus. "Täusche mich nicht; denn ich habe heute Nacht an *deiner Stelle einen Engel gesehen* ; und wenn du kein falscher und lügnerischer Geist bist, wirst du mich nicht dazu verleiten, ihr etwas anzutun." Dann hielt er wieder inne, als lausche er jemandem, der spricht, und sagte schnell:

„Ich weiß es! Ich weiß es! Diese *Pistole* – dieser *Ring* ! Ja, ja, ja, ja! Das waren in der Tat schreckliche Beweise seiner Schuld! – Jahre, Jahre habe ich damit verbracht, an sie zu denken! – Und doch sagt er, er schwört, er sei unschuldig – dass es *De Sylva war* – dass *du* schuldig warst! Oh, sag mir, Rosolia , war es – war es so? – Aber ich werde für deine Seele beten."

Er kniete nieder und stellte die Lampe vor sich auf den Boden. Ihr düsteres Licht fiel auf sein trauriges Gesicht und zeigte, wie er die Augen nach oben richtete und seine Lippen sich wie bei einem inbrünstigen Gebet bewegten, während er sich in Abständen bekreuzigte und seine Stirn zur Erde neigte. Dann erhob er sich plötzlich und rief:

„Hör, O'Brien ruft! Er wird mich hören – er wird meine Gedanken nicht kennen. Es mag nicht St. Aubyn sein , der dein Blut vergossen hat: doch, oh, Rosolia – oh, meine Schwester, es *war* dein Blut, das ich sah! Und hier ist etwas davon an meiner Hand."

Er schüttelte ihm heftig die Hand, sah sie scheinbar ernst an, stieß einen leisen, traurigen und verwirrten Schrei des Schreckens aus und stürzte aus dem Zimmer.

Angst und Schrecken hatten Ellen zum Schweigen gebracht – sie fiel nicht in Ohnmacht, aber man konnte kaum sagen, dass sie noch lebte. Doch als seine sich entfernenden Schritte sie überzeugten, dass er wirklich fort war, warf sie sich hastig einige ihrer Kleider über und rannte, kaum bei Sinnen, zu St. Aubyns Zimmer. Seine Tür war verschlossen, aber durch wiederholtes Klopfen weckte sie ihn, und er war wirklich sehr bestürzt, sie so bleich und fast zuckend vor Angst und Aufregung zu sehen.

„Mein liebes Leben!" rief er aus. „Was, um Himmels Willen, ist denn mit dem Kind los?"

"Oh! Ich habe ihn verlassen! Ich habe ihn im Stich gelassen!", sagte sie voller Angst. "Auch alle Türen sind offen, und der arme, verwirrte Junge kommt vielleicht zurück, und wer weiß, was er ihm antun wird! Oh! Lass uns zu dem Kind rennen!" Und sie machte ein paar hastig Schritte auf die Tür zu.

„Besinne dich, meine Ellen", sagte der erstaunte St. Aubyn , „du träumst – setz dich in diesen Stuhl am Feuer und beruhige dich."

„Oh! Nein , es war kein Traum", sagte die schaudernde Ellen. „Ich habe ihn so gesehen, wie ich Sie jetzt sehe! Er kam in mein Zimmer und sagte so schreckliche Dinge!" –

„Wer ist in Ihr Zimmer gekommen?", rief St. Aubyn . „Wer hat es gewagt, einzudringen und Sie so zu stören und zu beunruhigen?"

„Oh! Er schlief, glaube ich! Aber im Schlaf – oh Himmel! Er sprach so schrecklich – von so grauenhaften Dingen – und rief in solchem Ton nach seiner Schwester! Oh! Ich werde sie nie, nie vergessen!"

„War es De Montfort?", fragte der bestürzte St. Aubyn .

„Oh ja, oh ja – De Montfort! Oh, seine Augen, sein Gesicht, seine Stimme! Ich werde sie nie, nie vergessen!" wiederholte sie mit neuer Erregung.

„Unglücklicher junger Mann!", sagte St. Aubyn mit einem Seufzer. „Wäre Gott, du wärst nie hierhergekommen! Erschrecke dich nicht, meine Ellen, durch sein wildes Umherirren. Ich hatte gehofft, der Schurke, der dieses schreckliche Unheil angerichtet hat, wäre inzwischen gefunden und alles wäre geklärt. Jahrelang habe ich vergebens gesucht . Und doch entzieht er sich meiner Suche – vielleicht existiert er nicht mehr.

„Es ist jedoch an der Zeit, dir die Vergangenheit zu offenbaren; aber jetzt bist du zu beunruhigt, um die lange und traurige Geschichte anzuhören: Kehre in dein Bett zurück, meine Ellen; versuche, dich auszuruhen, mir zuliebe, deinem Baby zuliebe, das leiden muss, sollte seine zärtliche Amme krank sein; lege dich zur Ruhe, und ich werde bis zum Morgen bei dir wachen; dann, mein liebes und für immer liebes Geschöpf, wird alles enthüllt werden; aber vergiss dein Versprechen, trotz allem Anschein, mich weiterhin für unschuldig zu halten!"

Schließlich gelang es Ellen, in ihr eigenes Zimmer zurückzukehren, doch sie bat St. Aubyn , die Galerie zu untersuchen und festzustellen, ob De Montfort nicht noch einmal zurückkehren würde, um das Zimmer zu besuchen, das er so gut zu kennen schien. Und selbst als ihr versichert wurde, dass er nicht dort war, schauderte sie noch immer und wurde blass, als sie ihn sich in ihrer Fantasie vorstellte, wie er mit seiner Lampe in der Tür stand oder mit ungeordneten Schritten im Zimmer auf und ab ging.

Nachdem sie sich ein paar Stunden ausgeruht hatte und sich dadurch etwas erholt hatte, traf sich Ellen, wie vereinbart, sehr früh mit St. Aubyn in seinem Arbeitszimmer, wo er versprochen hatte, ihm die seltsamen und ärgerlichen Ereignisse, die ihn so lange in größte Unruhe versetzt hatten, so gut er konnte zu erklären.

St. Aubyns Gesicht war traurig, und Ellens Wangen waren noch blass von ihrer jüngsten Aufregung, als sie sich trafen. St. Aubyn nahm zärtlich ihre Hand und sagte: „Ich bedauere es ein wenig, meine Ellen, dass meine selbstsüchtige Liebe dich aus der süßen Zufriedenheit und Fröhlichkeit herausgerissen hat, die dein friedliches Heim umgab, als wir uns das erste

Mal trafen, um mit mir an Sorgen und Ängsten teilzuhaben, die du sonst nie gekannt hättest."

"Mein lieber St. Aubyn , sprich nicht so", sagte Ellen mit einer zarten Träne. "Alle Sorgen und Ängste, von denen du sprichst, könnten meiner Meinung nach, selbst wenn sie zehnmal so groß wären, nicht das Glück aufwiegen, eine Stunde lang deine Frau zu sein. Oh, glaube mir, mein geliebter Herr, *dieses* Schicksal hätte ich gewählt, auch wenn ich sicher gewesen wäre, dass das nächste meinen Tod gebracht hätte."

„Einzigartiges Geschöpf!", sagte St. Aubyn und drückte sie an seine Brust. „Mit solcher Liebe und Zärtlichkeit werde ich für all den Kummer entschädigt, den frühere Ereignisse über mich gebracht haben, für all die Angst, die mich in dieser Stunde umgibt! – Erzähle mir, Liebste, so gut Du Dich erinnern kannst, was Du von dem unglücklichen Edmund bei seinem nächtlichen Besuch in Deiner Wohnung gehört hast."

Ellen war bei der furchtbaren Erinnerung ganz blass im Gesicht und zitterte am ganzen Leib, als sie sich an den schrecklichen Besuch erinnerte. Sie versuchte zu gehorchen, fürchtete sich jedoch, ihn durch die Wiederholung jener Worte zu schockieren, die seinen Namen mit Schuld und Mord zu vereinen schienen. Entgegen ihrer Erwartung hörte er ihr jedoch ohne Überraschung und mit ruhiger, wenn auch trauriger Gelassenheit zu. Er seufzte zwar schwer, doch weder in seinem Gesicht noch in seiner Geste war Beunruhigung oder Aufregung zu erkennen. Als sie geendet hatte, sagte er: „Das alles wusste ich; aber ich wusste nur zu gut, welche schrecklichen Verdächtigungen dieser unglückliche junge Mann hegte, ja, er gab zu, dass er allen Grund hatte, sie zu hegen. Armer Edmund! Diese düsteren Gedanken, die in seinem Kopf arbeiteten und, wie es scheint, vor allen anderen verborgen waren, haben ihn so lange gequält, bis die Vernunft erschüttert schien und sein gequälter Geist erwachte, selbst wenn seine Organe im Schlaf eingeschlossen waren! Kein Wunder, dass er in diesem schrecklichen Tumult seiner Vorstellungskraft in Ihr Zimmer kam, denn dieses Zimmer gehörte seiner Schwester, als sie meine Mutter besuchte, bevor an unsere unglückliche Heirat überhaupt gedacht wurde; und oft, zweifellos, in den Tagen seiner Kindheit ist er zu ihrer Tür gegangen, um sie auf ihren Wunsch hin zu wecken, und hat sie dafür gescholten , dass sie so lange schlief, obwohl er wollte, dass sie mit ihm ging: denn er liebte sie innig; und in jenen Tagen war sie unschuldig und sie war glücklich! Ach! Arme Rosolia , was auch immer deine Fehler waren, dein Schicksal war schrecklich!"

Er seufzte und schwieg einen Moment.

KAPITEL II.

Eine solche Tat,
die die Anmut und das Erröten der Bescheidenheit trübt,
nennt man Tugend oder Heuchler; sie reißt die Rose
von der schönen Stirn einer unschuldigen Liebe
und pflanzt eine Blase dorthin – und macht Ehegelübde
so falsch wie viele andere Eide.

WEILER.

O ihr Götter ,
macht mich dieser edlen Frau würdig,
deine Brust soll an den Geheimnissen meines Herzens teilhaben.

JULIUS CAESAR .

„Ich brauche nicht viel über meine erste Bekanntschaft mit Lady Rosolia de Montfort zu sagen", sagte St. Aubyn . „Sie haben, glaube ich, gehört, dass *ihr* Vater ein naher Verwandter von *mir war* und dass ihre Mutter eine spanische Dame aus einer hochadligen Familie war und beide römisch-katholisch waren. Die Freundinnen der Dame waren äußerst abgeneigt gegen die Verbindung und stimmten schließlich nur unter der Bedingung zu, dass die Söhne aus der Ehe römisch-katholisch erzogen und nach dem Tod des Vaters, sollte er während ihrer Minderjährigkeit sterben, in die Obhut der Verwandten der Mutter gegeben würden. Rosolia wäre wahrscheinlich auch Katholikin gewesen, aber ihre Mutter starb jung und sie wurde in die Obhut meiner Mutter und Lady Juliana Mordaunt gegeben . In den Ferien war sie normalerweise hier, wo meine Mutter ständig und meine Tante häufig wohnten; und auch Edmund verbrachte fast immer die Zeit seiner Schulferien hier, obwohl sie zweimal mit ihrem Vater nach Spanien fuhren und ein paar Monate im Kreis der Verwandten ihrer Mutter verbrachten.

„ Rosolia wuchs sehr hübsch auf, aber der Charakter ihrer Schönheit entsprach nicht meinem Geschmack: Ihr Gesicht war zu hochmütig, ihr Geist zu stolz, um mir zu gefallen; dennoch waren die Freunde beider Seiten von unserer frühen Jugend an bestrebt, uns zu vereinen. Ich hatte damals keine besondere Vorliebe für irgendjemanden ihres Geschlechts, noch konnte ich irgendetwas gegen sie einwenden, obwohl sie sicherlich nicht genau die Art von Frau war, die ich gewählt hätte; ihre Vorliebe für mich schien jedoch offensichtlich und war zu schmeichelhaft, als dass ein junger Mann wie ich ihr widerstehen konnte, von einer jungen Frau, die Scharen von Verehrern hatte, von denen die meisten mir an Vermögen und Stand überlegen waren.

„Wir heirateten also, als ich etwa fünfundzwanzig war und Rosolia sechs Jahre jünger als ich. Während der zwei Jahre, die meine Mutter lebte, verbrachten wir viel Zeit mit ihr und auf dem Land, unter ihrer Aufsicht und der von Lady Juliana. Rosolia entdeckte diese unangenehmen Eigenschaften nicht, die, obwohl sie schlummerten, nicht überwunden wurden.

"Nach dem Tod meiner Mutter zogen wir für eine Weile nach London, und dort lag Rosolia im Bett eines Sohnes, des einzigen Kindes, das wir je hatten. Aber , ach! wie anders war Rosolia als Du als Mutter, meine Ellen! Keine Sorge um ihr Kind unterdrückte die übermäßige Lebhaftigkeit, die sie jetzt zu zeigen begann, keine mütterliche Zärtlichkeit unterdrückte oder milderte auch nur die Leichtfertigkeit des Verhaltens, die jetzt offensichtlich wurde und schließlich ihr Fluch war. Die Gesellschaft jedes faulen Gecken war mir vorzuziehen: Meine Vorwürfe und die meiner ehrenwerten Tante, ja sogar die ihres eigenen Vaters blieben unbeachtet. Meine Veranlagung, die von Natur aus zur Eifersucht neigt, wurde durch die Leichtfertigkeit ihres Benehmens wütend; aber sie verachtete mich, oft verspottete sie; und da die Zunge der Verleumdung noch nicht den Namen einer bestimmten Person gefunden hatte, die mit ihr in Verbindung stand, musste ich mich damit abfinden, dass sie, wie man es nennt, zuerst mit einem Verehrer *flirtete , dann mit einem anderen, und der letzte Narr war mir ebenso willkommen wie der erste* . Meine Tante, müde und verärgert über unser häusliches Unglück, verließ uns größtenteils und entwickelte eine Abneigung gegen Lady St. Aubyn , die sich in gewissem Maße auf ihre ganze Familie ausdehnte. Edmund war immer noch unser häufiger Gast, aber seine Vorliebe für seine Schwester erlaubte es ihm nicht, einen Fehler an ihr zu sehen, und tatsächlich zwang mich seine extreme Jugend, die schwierigen Bedingungen, unter denen wir zusammenlebten, so gut wie möglich vor ihm zu verbergen. Wir waren ungefähr drei Jahre verheiratet, und unser kleiner Junge war sechs Monate alt, als Rosolias Vater starb: In seinem Testament ernannte er mich zum Vormund von Edmunds Besitzungen, bis er das Alter von 24 Jahren erreichen würde, und bat mich, ihn unter die Obhut des Herzogs von Castel Nuovo zu stellen , in Übereinstimmung mit den Bedingungen seines eigenen Ehevertrags mit der Tochter dieses Edelmannes.

"Diese Bitte konnte ich nicht ablehnen, wusste aber nicht, wie ich meine Frau in England zurücklassen sollte. Denn wenn ihr Verhalten während unserer gemeinsamen Zeit so tadelnswert war, was hatte ich dann zu erwarten, wenn ich sie ganz ihrer eigenen Führung überließ? Doch ihr Temperament war so launisch, dass ich bezweifelte, ob sie mich ins Ausland begleiten würde. Sie willigte jedoch ein, und ich glaube, sie wollte eher so viel Zeit wie möglich mit ihrem Bruder verbringen als mir einen Gefallen tun. Aber nichts konnte sie dazu bewegen, das Kind zurückzulassen, obwohl meine Tante anbot, es während unserer Abwesenheit ganz in ihre Obhut zu nehmen, obwohl Rosolia es selbst nie sah, außer für etwa fünf Minuten ein- oder zweimal am Tag.

„Diese merkwürdige Hartnäckigkeit brachte meine Tante auf die Idee (die ich, wie ich gestehe, teilweise teilte), dass Rosolia die Absicht hatte, das Baby bei ihren väterlichen Verwandten zu lassen; denn obwohl sie sich selbst Protestantin nannte, hatte sie sicherlich eine große Neigung zu den Zeremonien der katholischen Kirche und, wie ich leider sagen muss , nahm sie alle religiösen Prinzipien so leicht, dass sie, um mich zu beunruhigen und meine Tante zu ärgern, nur allzu bereit war, ihr Kind in die Hände von Katholiken zu legen, damit es in einer Religion erzogen werden konnte, die meine Tante, wie sie wusste, verabscheute und von der ich keine gute Meinung hatte. Um dies oder jeden anderen Plan, der geschmiedet werden könnte, um mir das Kind wegzunehmen, zu verhindern und um sicherzustellen, dass es gut versorgt wird, bestand Lady Juliana darauf, dass unsere gute Bayfield uns begleiten sollte, und ließ sie versprechen, das Kind nie aus den Augen zu lassen. Aber diese Vorsichtsmaßnahmen erwiesen sich im Endeffekt als nutzlos; denn das arme Baby bekam die Pocken, kurz nachdem wir in Cadiz gelandet waren, wo wir kurze Zeit blieben, und starb in meinen Armen, mit unermüdlicher Sorgfalt begleitet. vom ehrenwerten Bayfield: denn, oh, meine Ellen, dein zartes Gemüt wird zurückschrecken, wenn ich dir sage, dass seine gefühllose Mutter sich weigerte, es zu sehen, seit die Krankheit ihren Höhepunkt erreichte, obwohl sie selbst darunter gelitten hatte, weil sein Anblick ihr Zartgefühl zu sehr verletzte! Es wurde jedoch jede erdenkliche Fürsorge auf das Tier verwendet, aber vergebens.

„Der arme Edmund trauerte aufrichtig über dieses Ereignis und teilte meine einsamen und traurigen Stunden. Denn er hatte dem Kind eine übermäßige Zuneigung entgegengebracht und empfand für mich immer die aufrichtigste Hochachtung, während ich ihn als meinen eigenen Bruder betrachtete und keine Aufmerksamkeit zu viel fand, um ihm zu dienen oder ihm eine Freude zu machen.

„Bald nach dem Tod des Kindes reisten wir nach Sevilla, und in der Fröhlichkeit dieser Stadt, der Aufmerksamkeit, die sie von den Verwandten ihrer Mutter erhielt, und den schmeichelhaften Komplimenten, die die Scharen von Herren, die sie nun umgaben, ihrer Schönheit machten, verlor Rosolia bald alle Spuren der Trauer über den Verlust ihres Kindes. Sie war hübscher denn je und glänzte in all der Eleganz ihrer Kleidung und dem Glanz unzähliger Juwelen, mit denen sie meine verschwenderische Zuneigung zu Beginn unserer Ehe und die Großzügigkeit ihrer spanischen Verwandten reichlich ausgestattet hatten. Ihr Großvater, der Herzog von Castel Nuovo , in dessen Palast in Sevilla Edmund untergebracht werden sollte, war zufällig abwesend, da er plötzlich wegen einer wichtigen Staatsangelegenheit nach Madrid gerufen worden war, und schrieb mir, um mich zu bitten, ein oder zwei Monate in seinem Palast zu bleiben, bis er hoffte, dorthin zurückkehren zu können, um seinen Enkel aus meinen Händen zu empfangen, seine Enkelin zu sehen und mir für die Freundlichkeit zu danken, mit der ich eine so lange Reise auf mich genommen hatte. Da es nichts gab, was mich unmittelbar nach England zurückrief, war ich nicht betrübt, mehr von diesem interessanten Land zu sehen. Als ich von einer wunderschönen Villa am Ufer des Guadalaxara hörte, die zu vermieten war , zog ich mit meiner Familie dorthin, da ich dies einem Aufenthalt im Palast des Herzogs vorzog.

„Nichts konnte die Schönheit unseres kleinen Anwesens oder die üppige Üppigkeit des Landes übertreffen, in dem es lag. Diese Villa war nur drei Kilometer von Sevilla entfernt, wo zu dieser Zeit mehrere Regimenter stationiert waren , und alle hochrangigen Offiziere bemühten sich eifrig darum, mir und der schönen Rosolia vorgestellt zu werden . Unter ihnen war ein Mann namens De Sylva.“

Bei diesem Namen erschrak Ellen, denn sie hatte ihn in der Nacht zuvor von Edmund gehört, als er auf seinen wilden Wanderungen war; allerdings konnte sie sich bis zu diesem Augenblick nicht daran erinnern.

„Warum erschrickst du, meine Liebe?“, fragte St. Aubyn . „Flüstert dir irgendein intuitives Gefühl zu, dass dies der Schurke war, dessen Schurkerei mich in so großes Leid gestürzt hat?“

„Es war der Name“, sagte Ellen, „an den ich mich gerade nicht erinnern konnte; der Name, den ich von Edmund gehört habe.“

„Zweifellos“, antwortete St. Aubyn , „ging es ihm nicht aus dem Kopf; denn erst letzte Nacht habe ich erneut versucht , ihn von der Schuld dieses Schurken zu überzeugen. Aber weiter im Folgenden.

„Dieser De Sylva war ein junger Mann mit einer sehr feinen Persönlichkeit und eleganten Manieren; kurz gesagt, einer, der genau dazu geeignet war, die Gunst jeder Frau zu gewinnen, die mehr auf das Äußere als auf innere Werte achtete. Er war, wie ich später erfuhr, ein entschlossener Spieler mit zerbrochenem, wenn nicht gar ruiniertem Vermögen, ohne Prinzipien und mit vielen Lastern befleckt; doch erkannte ich in diesem Mann auch bald den Lichtblick, den Rosolia als ihren Favoriten ausgewählt hatte . Wenn sie tanzte, war er ihr Partner; und oft wurde ihre reizende Person in den faszinierenden, aber unmoralischen Tänzen ihres Landes zur Schau gestellt: eine Zurschaustellung, oh, wie unpassend für eine englische Matrone! – wie verabscheuungswürdig für die Zartheit meiner Gefühle. Ich bin vielleicht zu anspruchsvoll; aber ich wiederhole noch einmal, eine solche

Zurschaustellung, selbst von Anmut und Schönheit, bei einer verheirateten Frau ist unangenehm, aber wenn man sie so weit treibt, wie Rosolia es tat, ist sie abscheulich. Wie können wir uns über die alarmierenden Fortschritte wundern, die das Laster in diesem Land gemacht hat, wenn wir sogar Ehefrauen und Mütter in der leichtesten Drapierung und mit einer fast unbegrenzten Freiheit sehen Sie buhlen um die Aufmerksamkeit von Männern, von denen sie wissen, dass sie Charaktere sind, die weder Ehre noch die Bande der Freundschaft von der Befriedigung ihrer Leidenschaften abhalten können.

"Verzeihen Sie, meine Ellen, diesen Exkurs, den Sie so wenig nötig haben; aber ich verweile und verweile bei jedem Thema, das mich einen Moment von jenen schrecklichen Szenen abhalten kann, die ich bald beschreiben muss. Ich sprach von der Vertrautheit, die jetzt zwischen diesem De Sylva und Lady St. Aubyn herrschte . Beim Tanzen, Gehen oder Reiten war er ihr ständiger Begleiter; und bei letzterer Übung erregte sie die Bewunderung aller, die sie sahen. Ihr englischer Damensattel und ihre Reitkleidung und die Leichtigkeit, mit der sie ihr temperamentvolles Araberpferd beherrschte, brachten ihr den schmeichelhaftesten Beifall der fröhlichen militärischen Bewunderer ein, die sie ständig umgaben; und vor allem von De Sylva, dessen Manieren schließlich so eigen und anmaßend wurden, dass ich es nicht übersehen konnte, und ich sagte Rosolia , wenn er sein Verhalten nicht änderte, wäre ich gezwungen, ihm mein Haus zu verbieten.

„Zuerst lachte sie nur über meine Drohungen und machte alles, was ich sagte, lächerlich, beharrte aber auf ihrer Lebensweise, bis ich merkte, dass ihr Verhalten selbst in diesem fröhlichen Land von allen, die es miterlebten und nicht jeden Sinn für Anstand verloren hatten, missbilligt wurde ; sogar zwei oder drei der älteren Offiziere, Männer von Rang und Ansehen, begannen, sie ernst und mich mit einer Art Missfallen anzusehen, als ob sie mich für zu nachlässig hielten, wenn ich meine eigene Ehre nicht energischer geltend machte . Ich beschloss daher nun, sie von dem Ort wegzubringen, wo sie so viele Gelegenheiten hatte, diesen jungen Mann kennenzulernen (was ich ohne einen *Eclat*, den ich vermeiden wollte, nicht verhindern konnte, da ich sie für unschuldig, wenn auch unklug hielt) und sie einige der interessantesten Orte in dem Teil des Landes besuchen zu lassen, in dem wir uns jetzt befanden, in der Hoffnung, dass eine Reise, die sie, wie ich wusste, nie gemacht hatte, Rosolias Gefühlen eine neue Wendung geben würde : Wir verließen daher mit unserem Gefolge die schöne Villa, die wir vor kurzem bewohnt hatten, und reisten am ersten Tag nach Cormona , wo wir das Schloss besichtigten, das von immenser Ausdehnung war, aber jetzt völlig in Trümmern liegt; von dort fuhren wir auf ausgezeichneten, aber sehr alten Straßen nach Córdoba, wo wir ebenfalls alles Bemerkenswerte sahen und einige sehr angenehme Tage verbrachten; zumindest wären sie angenehm gewesen, wenn Rosolia auch nur im Geringsten geneigt gewirkt hätte, die ihr neuen Szenen oder die Höflichkeiten der Einwohner dieser alten Stadt zu genießen, wo unser Rang und unsere Verwandtschaft zum Herzog von Castel Nuovo uns einen gastfreundlichen Empfang seitens aller Adelsfamilien sicherten, die einen heiteren und angenehmen Lebensstil pflegen.

"Nachdem wir Córdoba verlassen hatten, reisten wir durch das entzückende Tal des Guadalaxara , das zwischen den Hügelketten verläuft, die mit Hängewäldern und Olivenhainen geschmückt sind. Nichts konnte die Schönheit der Szenerie übertreffen, durch die wir nun zwei Tage lang reisten. Kein Geist, der nicht völlig die Fähigkeit verloren hatte, die Reize der Natur zu genießen, konnte für die bezaubernden Szenen, die die Ufer des lieblichen Guadalaxara nun in immer wechselnder Abfolge präsentierten, tot sein. Ausgedehnte Ebenen, wunderschön getönt durch Reihen von Olivenbäumen, Türme und alte Burgen, die in Abständen am Ufer des Flusses aufragten, boten eine Vielzahl bezaubernder und malerischer Aussichten, an denen Edmund und ich das wärmste Vergnügen hatten. Ach! Das Herz von Rosolia war für sie alle verschlossen. Schließlich erreichten wir eine kleine, aber hübsche Villa am Fuße der Sierra Morena , von der ich vor einiger Zeit erfahren hatte, dass sie unbewohnt war, und die ich gemietet und für unseren Empfang herrichten ließ. Edmunds Gesundheit schien durch das sehr warme Klima von etwas erschüttert zu sein unser Wohnsitz in der Nähe von Sevilla, und man dachte, die kühle Luft dieser Berge würde seinen schlaffen Körper stärken und beleben. Hier ruhten wir uns also in diesem ruhigen Rückzugsort aus, von wo aus ich gelegentlich Ausflüge in die malerische Umgebung unseres neuen Wohnsitzes unternahm, manchmal zu Fuß, manchmal zu Pferd. Manchmal erweiterte ich meine Ausflüge auf die Nordseite der Sierra und besuchte das romantische Land La Mancha, das Cervantes verewigt hat.

"Es ist unmöglich, die vielfältigen Schönheiten dieser Berge zu beschreiben; der klare Strom des Rio de las Pedras , der über Felsbetten und durch Täler mit wunderschönen Wäldern fließt; die wilde und einsame Einsamkeit, die mit einer reichen Vielfalt blühender und süß duftender Sträucher bedeckt ist, und die interessante neue Kolonie La Corolina , von der ich hoffe, Ihnen eines Tages einen ausführlicheren Bericht geben zu können; all dies machte diese Ausflüge für mich zu einem Vergnügen; umso mehr, als sie meine Gedanken beschäftigten und mich von einer Frau wegführten, deren kapriziöser Humor und unbeständiges Verhalten mein Zuhause lästig und unangenehm machten.

„ Rosolia , die wütend darüber war, aus der Gesellschaft, die sie so sehr schätzte, ausgeschlossen zu werden, und noch wütender darüber, dass sie der Gesellschaft De Sylvas beraubt war, legte nun die ärgerlichsten Manieren und die außergewöhnlichsten Launen an den Tag. Manchmal, einen oder zwei Tage lang, drang der Klang ihrer Stimme nicht an das Ohr eines menschlichen Wesens; sondern sie war in geheuchelte Apathie versunken und tat so, als ob sie kaum etwas von dem, was vor sich ging, sah oder hörte. Dann nahm sie plötzlich die fröhlichste Miene an und hörte stundenlang kaum auf zu sprechen; sie folgte mir unaufhörlich; sie ließ mich keinen Augenblick lesen oder nachdenken; sie sang, spielte auf ihrer Harfe oder mit Kastagnetten in den Händen und tanzte mit einer Fröhlichkeit, die ebenso unangenehm wie unnatürlich war, bis ihre gezwungene Lebenskraft völlig erschöpft war, sie in heftige Hysterie verfiel und ins Bett gebracht wurde, von wo sie viele Tage lang nicht mehr aufstand.

"Denken Sie nur, meine liebe Ellen, was für ein Leben das für mich war. Ohne andere Gesellschaft (denn Edmund war noch ein kleiner Junge) und jede Stunde voller Angst, wohin die Launen der nächsten führen könnten. Schließlich, ganz plötzlich, nahm sie eine neue Laune an und wanderte ständig allein umher, sogar so spät am Abend, dass ich in der Nähe dieser wilden Berge befürchtete, ihr könnte etwas Böses zustoßen; aber vergeblich waren meine Vorstellungen, vergeblich meine Bitten. Sie sagte mir, sie fände es schwer, das einzige Vergnügen, das ihr mein eifersüchtiges Temperament noch gelassen hatte, zu verlieren , und dass ich besser die alten spanischen Bräuche der Lattices und Duenas wiederbeleben und sie ganz einsperren sollte. Diese und viele andere provokante Reden brachten mich zum Schweigen; aber ich sah, dass unsere gute Bayfield aus einer unbekannten Ursache litt. Sie war häufig in Tränen aufgelöst und verriet manchmal einen Grad der Erregung, der mich überraschte; denn im Allgemeinen war ihre Gelassenheit bemerkenswert. Ich vermutete, dass sie, unzufrieden mit ihrer Die würdige Frau sehnte sich danach, England wieder zu besuchen, und dazu hatte sie auch allen Grund. Als ich sie jedoch zu diesem Thema bedrängte, versicherte sie mir, dass es ihr am liebsten wäre, wo auch immer ich sei. Sie wünschte nur, sie *wüsste, wie sie mir ihre Hingabe für meine Interessen am besten zeigen könne* .

„Diese letzten Worte schienen mit besonderer Bedeutung gesprochen zu sein, aber sie wich jeder Erklärung aus. Ein neuer Ärger befiel nun sowohl sie als auch mich: Mehrere von Lady St. Aubyns wertvollen Juwelen fehlten von Zeit zu Zeit und wurden vergeblich gesucht.

„ Rosolia tat so, als sei sie ihnen gegenüber vollkommen gleichgültig, und sagte, da sie niemanden habe, der sie trage, schere sie sich nicht um Juwelen. Aber Bayfield, die einzige Person, die außer ihrer Frau Zugang zu dem Ort hatte, an dem die Juwelen aufbewahrt wurden, war über die häufigen Verluste außerordentlich beunruhigt. Schließlich war auch ein sehr schöner und bemerkenswerter Ring von mir verschwunden, der aus einem antiken Kamee bestand, der mit Brillanten von großem Wert besetzt war. Ich begann, meinen Diener dieser wiederholten Diebstähle zu verdächtigen, obwohl ich von ihm ein ausgezeichnetes Leumundszeugnis erhalten hatte und er drei oder vier Jahre in meinen Diensten gestanden hatte, ohne dass der geringste Verdacht auf Unehrlichkeit in irgendeiner Hinsicht aufkam.

Da ich jedoch entschlossen war, diesen Mann zu beobachten, sagte ich nichts über den Verlust meines Rings, da ich dachte, wenn ich den Anschein erweckte, als ob ich keinen Verdacht hegte, würde ich ihn leichter entdecken.

„Etwa eine Woche nach diesem Vorfall stand ich, da ich ruhelos war und nicht schlafen konnte, um Mitternacht von meinem Bett auf, saß eine Zeit lang an meinem Fenster und beobachtete den hellen Mond, der in diesem klaren Klima ein Licht spendete, das dem des Tages kaum nachstand. Aber beurteilen Sie meine Überraschung , als ich in einiger Entfernung die Gestalt eines Mannes langsam aus einem Korkeichenhain auftauchen sah, der sich, nachdem er sich vorsichtig umgesehen hatte, dicht unter meinen Fenstern hindurchging und sich denen von Lady St. Aubyns Wohnung näherte. Wir hatten eine Zeit lang getrennte Zimmer bewohnt, da sie sich über ruhelose Nächte beklagte und ihr Zimmer lieber für sich allein hatte. Ich bildete mir ein, den Räuber jetzt entdeckt zu haben, der sich auf irgendeine Weise Zugang zu diesen Zimmern verschafft hatte und von Zeit zu Zeit die Juwelen gestohlen hatte, die ich erwähnte. Aber im nächsten Moment sah ich, wie sich Rosolias Fenster öffnete und sie selbst darin erschien. Sie sprach ein paar Worte mit diesem Mann, auf den das Mondlicht deutlicher fiel. Ich erkannte deutlich die Größe, die Gestalt und die Gesichtszüge von De Sylva.

„ Rosolia warf sofort eine leichte Strickleiter hinunter, und der Mann, wer immer er auch war, begann sie zu erklimmen; doch plötzlich wandte sie sich vom Fenster ab, als ob sie durch das Eintreten von jemandem in ihr Zimmer gestört worden wäre; und er gab ihm mit hastiger Miene ein Zeichen, und er stieg hastig herab: Sie schloss sofort das Fenster, und der Mann rannte zu dem Wäldchen, aus dem er zuerst gekommen war.

„Diese ganze Szene ging so schnell vorüber, dass ich kaum Zeit hatte, mich zu sammeln oder zu entscheiden, was ich tun sollte – aber ich griff hastig nach meinen Pistolen, die immer geladen in meinem Zimmer lagen, stieg eine private Treppe hinunter, die zum Garten führte, und folgte mit schnellen Schritten dem Mann, der im Wäldchen versteckt lag. Ich ging so leise wie möglich, aus Angst, dass er, wenn er mich hörte, entkommen könnte und ich der Genugtuung beraubt würde, die ich erwartete, sodass ich ihm nahe war, bevor er mich bemerkte, und ich packte ihn mit einem kräftigen Griff, zerrte ihn ins Mondlicht und sah dort, dass es tatsächlich De Sylva war.“

KAPITEL III.

Wir bist du? O Himmel oder bist du das? oder porte je mes bitte ?
Zayre , Nerestan – undankbares Paar , affreux -Paar ,
Verräter arracher ich diesen Tag atme ich,
diesen Tag bewahre ich . —— Ah, was sagst du? Ach, meine Schwester
Zayre ! … Sie ist nicht die Einzige. – Dieses schreckliche Monster !

ZAYRE VON VOLTAIRE.

„Ich war fast vor Wut erstickt, als ich ausrief: ‚Schurke! Du bist hier und lauerst zu dieser Stunde unter meinen Fenstern!' Er zitterte vor feiger Besorgnis und versuchte eine Entschuldigung, die ihm jedoch vor Angst unaussprechlich blieb. Die kurze Pause verschaffte mir jedoch Zeit, mich zu besinnen. Da ich es verachtete, einen unbewaffneten Mann anzugreifen, warf ich ihm eine meiner Pistolen zu und forderte ihn auf, sich zu verteidigen. Wieder murmelte er in stockendem Ton einige Versicherungen, dass er nur gekommen sei, um Lady St. Aubyns Haus zu besuchen. Lieblingsdienerin , ein spanisches Mädchen namens Theresa; aber diese abgedroschene Ausrede war zu flach, um auch nur einen Augenblick lang Glaubwürdigkeit zu finden, und trotzdem drängte ich ihn zu einer sofortigen Entscheidung in dieser Angelegenheit. Jetzt bat er mich etwas energischer, daran zu denken, wie es wohl aussähe, wenn wir kämpften und er fiele, und wie es dann aussähe, wenn man einen Mann auf meinem Grundstück ermordet auffände. Andererseits appellierte er an meine Großzügigkeit und fragte, wie es ihm ergehen würde, wenn ich getötet würde, und vor allem, welch einen Schandfleck eine solche Angelegenheit auf den Ruf von Lady St. Aubyn werfen würde . Beruhigt durch diese Darstellungen, die sicherlich nicht ganz unbegründet waren, willigte ich schließlich ein, bis zum nächsten Abend zu warten. Die Zwischenzeit, sagte er mir, würde er in einer kleinen Posada in der Nachbarschaft verbringen , wo, sagte er, ein Freund auf ihn warte, der ihn zu einem von mir erwähnten Ort in der Nähe der Berge begleiten würde. In derselben Zeit würde ich, sagte ich, nach Almana (der nächsten kleinen Stadt) reiten, wo ein Herr wohnte, den ich einigermaßen kannte und den ich dazu überreden wollte, mein Stellvertreter in dieser Angelegenheit zu sein. Dann befahl ich ihm, die Pistole aufzubewahren und sie, so wie ich es mit der Pistole tun würde, griffbereit zum Treffpunkt zu bringen. Streng erklärte ich ihm, sollte ich ihn noch einmal hinter meinen Mauern lauern sehen, würde ich nicht auf das Ereignis des nächsten Abends warten, sondern ihn so behandeln, wie ein mitternächtlicher Räuber behandelt werden sollte. Dann verließ ich ihn und kehrte ins Haus zurück. Aus den Fenstern von

Rosolias Zimmer schimmerte noch ein schwaches Licht, aber die Strickleiter war weggezogen und die Vorhänge zugezogen, sodass ich zu dem Schluss kam, sie habe jede Hoffnung aufgegeben, De Sylva in dieser Nacht noch einmal zu sehen. Ich wachte jedoch bis zum Morgen, aber alles war still, und dann warf ich mich auf mein Bett, um eine Stunde zu ruhen. Danach stand ich auf und verbrachte einige Zeit damit, meine Angelegenheiten zu regeln und einige Briefe zu schreiben, die ich abliefern sollte, falls ich im Duell mit De Sylva fallen sollte.

„Danach ging ich in Lady St. Aubyns Zimmer. An der Tür traf ich Bayfield, die blass war und deren Augen vom Weinen geschwollen waren. Sie sah aus, als hätte sie, genau wie ich, die ganze Nacht gewacht.

„Mein guter Bayfield", sagte ich, „wo ist Eure Lady, und warum seht Ihr so erschrocken und abgekämpft aus?"

"Sie antwortete mir, allerdings etwas verwirrt, dass ihre Lady gerade angezogen war und dass sie fast die ganze Nacht im Zimmer neben Lady St. Aubyns wachen musste, da sie Geräusche gehört hatte, die sie dazu veranlasst hatten, um *Mitternacht aufzustehen* und in das Zimmer ihrer Lady zu gehen, die sie ebenfalls sehr aufgeregt vorgefunden hatte und deshalb bis zum Morgen dort geblieben war. Ich zweifelte nicht daran und fand später heraus, dass diese Vermutung berechtigt war, dass der Verdacht meiner treuen alten Dienerin geweckt worden war, sie in ihr Zimmer gegangen war und durch ihre Unterbrechung die plötzliche Entlassung von De Sylva verursacht hatte und seitdem die Nacht damit verbracht hatte, Rosolias böse Neigungen zu beklagen. Ohne auf eine Erklärung zu warten, verließ ich sie jedoch und ging in das Zimmer der Gräfin: Sie erschrak bei meinem Anblick, denn in letzter Zeit hatten wir uns selten außer bei Mahlzeiten getroffen, und ihr schlechtes Gewissen lehrte sie, meinen Besuch als außergewöhnlich zu betrachten. Ich forderte sie streng auf, sich zu setzen und mir zuzuhören, und erzählte ihr dann die Ereignisse der vergangenen Nacht: Zuerst zitterte und wurde blass, doch bald gewann sie ihre Dreistigkeit zurück und versuchte wie üblich, sich über meine vorgeblich lächerliche Eifersucht lustig zu machen.

„Pass auf, Rosolia !", rief ich, stand auf und ergriff eifrig ihren Arm, denn mit gespielter Verachtung versuchte sie, an mir vorbeizurennen. „Pass auf! Ich lasse mich nicht länger täuschen. *Dieser Abend, dieser Abend wird meine zu lange ertragenen Verletzungen rächen* – dieser Arm wird *den Schurken bestrafen* , der mir so großes Unrecht angetan hat ."

„In diesem Moment, während mein wütender Blick auf ihr Gesicht gerichtet war, wo Wut und Verachtung mit Scham und Angst kämpften, betrat Edmund das Zimmer und musste, das wusste ich, meine Drohungen gehört haben: Er erschrak und sah erstaunt aus, denn so häufig unsere

Auseinandersetzungen auch waren, sie hatten noch nie zuvor einen so beunruhigenden Grad erreicht.

„Ich ließ sie zusammen, nahm mein Pferd und ritt nach Almana , wo ich meinen Freund leider nicht zu Hause antraf. Nachdem ich auf seine Rückkehr gewartet hatte, bis ich befürchtete, nicht rechtzeitig genug in meiner Villa anzukommen, um meine Verabredung einzuhalten, verließ ich den Ort allein, ging nur ins Haus, um meine Pistole zu holen, und eilte zum verabredeten Ort. Dort wartete ich , wartete vergeblich, fast zwei Stunden: De Sylva kam nicht; und da ich zu dem Schluss kam, dass er seine Verabredung nicht einhalten wollte, und einige vage Befürchtungen in meinem Kopf lasteten, dass Rosolia möglicherweise die Partnerin seiner Flucht sein könnte, eilte ich zurück zur Villa. Es war fast dunkel, als ich ankam, und gerade als ich die Halle betrat , erhitzt, unordentlich, ohne meine Kleidung seit der Nacht zuvor gewechselt zu haben und in der Verwirrung meiner Gedanken nicht einmal die Pistole verbergend, die ich in der Hand getragen hatte, traf ich Edmund, der mich eifrig fragte, wo seine Schwester sei.

„Ich weiß nicht", sagte ich, aber tausend Verdächtigungen schossen mir durch die Brust und verliehen meinem Gesicht und meinem Benehmen eine Erregung, die ihm außergewöhnlich vorgekommen sein muss . „ Ist sie nicht in ihrem eigenen Zimmer? Ich war den ganzen Tag unterwegs und habe sie nicht gesehen, seit ich sie heute Morgen bei Ihnen gelassen habe."

„Ich auch nicht", sagte Edmund, „denn eine halbe Stunde, bevor ich dich zu Pferd zurückkehren sah. Sie klagte damals über heftige Kopfschmerzen und sagte, sie würde versuchen, ob die Abendluft sie vertreiben würde. Ich bot ihr an, mit ihr zu gehen, aber sie sagte, sie wolle lieber allein sein, denn sie habe genug, was ihre Gedanken beschäftigen würde. Sie küsste mich auch", fügte Edmund hinzu, „und verabschiedete sich von mir, seufzte bitterlich und sagte, ihr Herz sei schwer und voller Angst. Warum", sagte ich, „willst du dann allein gehen, Schwester?" warum lässt du mich nicht mit dir gehen? Ich glaube wirklich, dass es gefährlich *ist* , so lange draußen zu bleiben, so nahe an den Bergen." Sie zwang sich zu einem Lächeln und antwortete: „ Sie fürchtet nichts von den Bergen: All ihr Elend und ihre Ängste kommen von zu Hause."

„Undankbare Rosolia ", antwortete ich, als Edmund mir dies erzählte; worauf er antwortete:

„Ach, mein Herr, es betrübt mich, Sie beide so unglücklich zu sehen. Ich hoffe, die Rückkehr meines Großvaters wird Ihren häuslichen Wohlstand bald wieder einigermaßen herstellen. Er wird Rosolia davon überzeugen , Ihren Wünschen entgegenzukommen."

„Ich seufzte und fragte ihn, wohin seine Schwester gegangen sei.

„Durch den Korkeichenhain", antwortete er, „und zur Eremitage, die, wie ich weiß, ihr Lieblingsort ist ."

„‚Sicherlich', sagte ich, ‚würde sie nicht bis zu dieser späten Stunde an diesem einsamen Ort bleiben; doch ihr Verhalten ist seit einiger Zeit so merkwürdig , dass ich nicht weiß, was ich davon halten soll. Ruf die Diener, mein lieber Edmund, sie sollen Lichter bringen, denn an diesem düsteren Ort wird es ganz dunkel sein, und lass uns nach ihr suchen gehen.'

„Wir machten uns also auf den Weg, begleitet von zwei Dienern und meiner guten Bayfield, die, wie sie sagte, befürchtete, dass ihre Herrin krank sein könnte, und darauf bestand, uns zu begleiten. Der Ort, zu dem wir unsere Schritte lenkten, war eine Viertelmeile von der Villa entfernt, und als wir ihn erreichten, war es, wie ich gesagt hatte, bereits dunkel geworden.

„Diese düstere Zelle stand am Fuße eines Felsens, der tief in dichte Wälder eingebettet war. Ein Gebirgsbach stürzte aus beträchtlicher Höhe in der Nähe herab, und nur das Rauschen seines Wassers durchbrach die Stille dieses abgeschiedenen Rückzugsortes, der aufgrund seines besonderen Einrichtungsstils die Hermitage genannt wurde. Bevor wir sie erreichten, ließen wir Rosolias Namen eine Zeit lang im umliegenden Dickicht widerhallen . Doch bis auf das Rauschen der Brise und das Rauschen des Wasserfalls war alles still. Ich schloss daraus, dass meine Frau mit dem berüchtigten De Sylva fortgegangen war, und mein ganzer Körper zitterte vor Wut und Aufregung.

„Warum zittern Sie so, Mylord?", fragte der erschrockene Edmund, der an meinem Arm hing. „Glauben Sie, meiner Schwester ist etwas zugestoßen?"

„Ich weiß es nicht", antwortete ich, „aber ich fürchte es, große Angst davor."

„Gerade in diesem Moment betraten wir die düstere Einsiedelei: alles war dunkel und still; nur das Echo unserer Schritte durchbrach die furchtbare Stille. Die Männer, die uns begleiteten, hoben ihre Fackeln, um ein stärkeres Licht in die Zelle zu werfen ; und – ach! Meine Ellen, ich fürchte, deine zarte Natur zu schockieren, indem ich die grauenhafte Szene beschreibe, die sich uns bot. – Stell dir unsere Gefühle vor, als wir die unglückliche Rosolia auf der Erde liegen sahen! Ihre weißen Gewänder waren blutbefleckt ! In jenem Blut, das eine Hand, sei es aus Versehen oder mit Absicht, vergossen hatte! Denn als wir den Körper aufrichteten, der inzwischen steif und kalt war, entdeckten wir eine Wunde an ihrem Hinterkopf, die offensichtlich von einer Pistolenkugel herrührte und ihren Tod verursacht hatte. Du zitterst und wirst blass, meine Liebe: Es tut mir leid, dich zu betrüben, aber denke daran, wie betrübt *ich war* , als Edmund, der sich in rasender Verzweiflung neben seine ermordete Schwester geworfen hatte, die tödliche Waffe fand, die diese grauenhafte Tat begangen hatte, und ich sah sofort, dass es die Pistole war, die ich in meinem Hand, als er mich in der Halle traf, die durch ihre besondere Bauweise und Verarbeitung bemerkenswert war; kurz gesagt, dieselbe, die ich De Sylva gegeben hatte. Nie, nie werde ich den Blick seiner dunklen Augen in diesem Moment vergessen: Ich sah die schrecklichen Verdächtigungen, die er in diesem Augenblick empfand und die durch das, was unmittelbar folgte , noch verhängnisvoller bestätigt wurden .

„Meine arme Bayfield war gerade voller Kummer und Entsetzen und bereitete mit aller Sorgfalt, die die Umstände erforderten, die Überführung der Leiche ins Haus vor. Als sie in der grauenhaften Dunkelheit, die uns umgab und unsere Fackeln kaum erloschen, etwas glitzern sah, bückte sie sich und hob *meinen Ring auf*, jenen wohlbekannten Ring, den ich tatsächlich verloren hatte, ohne es jedoch zu sagen. Und aus einem impulsiven Gefühl heraus, vielleicht aus Angst, der Anblick an diesem Ort könnte mich mit dem jüngsten traurigen Ereignis in Verbindung bringen, versuchte sie ihn an ihrer Brust zu verbergen.

„Was ist das?“, rief der halb verzweifelte Edmund, stürzte auf sie zu und ergriff ihre Hand. „ *Ihr Ring* , Mylord, *Ihr Ring* ! Zu dieser Zeit – an diesem Ort. Und auch die Pistole – diese furchtbaren Rachedrohungen . – Ach Gott! Ach Gott! – welch schreckliche Erkenntnis durchfährt mich . – Rosolia ! Arme liebe Schwester! – Ach, gemein, gemein ermordet!“ Und er fiel bewusstlos zu Boden.

„Die Diener, die uns bedienten, waren Spanier und verstanden kein Wort von dem, was er sagte. Bayfield jedoch war ein Bild der Bestürzung.

„Ach, mein Herr“, sagte sie, „fliehen Sie, wenn diese Tat tatsächlich durch Zufall von Ihrer Hand begangen wurde, denn stellen Sie sich vor, was aus Ihnen inmitten der bigotten Katholiken werden wird, die danach streben werden, sich dafür zu rächen.“

„Flieg!“, wiederholte ich, „mein guter alter Freund! Kannst du glauben, dass ich schuldig bin?“

„Oh nein, mein lieber Herr“, antwortete sie, „niemals, niemals! Aber überlegen Sie, was diese unglücklichen Erscheinungen bei denen gegen Sie aussagen werden, die Sie weniger kennen als ich.“

„Was auch immer sie sagen, ich werde tapfer sein“, rief ich aus. „Nach diesem schrecklichen Moment ist es mir auch egal, was aus mir wird. Doch nie werde ich durch eine schmachvolle Flucht stillschweigend meine Schuld eingestehen, wenn ich meine Unschuld kenne und mit Sicherheit beweisen kann.“

"In wenigen Minuten kehrte einer der Männer, der, als Edmund in die todesähnliche Trance fiel, aus der wir ihn noch vergeblich zu befreien versuchten, zum Haus geflohen war, um weitere Hilfe zu holen, mit fast allen Dienern zurück, die sich eifrig drängten, um ihre Neugier zu befriedigen, und deren Erstaunen und ungeduldige Fragen leicht zu verstehen sind. Gemeinsam brachten sie ihre ermordete Herrin und den noch immer bewusstlosen Edmund ins Haus, dessen Geist, wie wir uns einst vorstellten, tatsächlich ihrem gefolgt war. Die darauf folgende Verwirrung zu beschreiben, wäre unmöglich: Ein Eilbote wurde sofort zum Herzog von Castel Nuovo geschickt , und mehrere Männer schickte ich in die Berge und durch die Nachbarschaft, um nach De Sylva zu suchen, von dessen Hand, so zweifelte ich nicht, die tödliche Wunde verursacht worden war, sei es durch Zufall oder Absicht. Ich beschrieb seine Person und sein Aussehen und sagte, dass ein solcher Mann in der Nacht zuvor um das Haus herumgeschlichen gesehen worden war .

„Einige der Diener bemerkten Rosolias kapriziösen Charakter und in letzter Zeit auch ihr melancholisches Benehmen und brachten die Vermutung auf, sie habe sich umgebracht; doch die Lage der Wunde ließ eine solche Möglichkeit nicht zu. Verzeihen Sie mir, meine Liebe, diese schockierenden Einzelheiten; sie passen wirklich nicht zu Ihrer zarten Natur; doch ohne einen sehr genauen Bericht über dieses unglückliche Ereignis wäre es Ihnen unmöglich zu beurteilen, welche Beweise es für meine offensichtliche Schuld oder meine wirkliche Unschuld gab.

"Edmund erholte sich langsam von seiner Ohnmacht, aber für eine Weile war sein Verstand verloren, und all die Fähigkeiten der Ärzte um uns herum versagten wochenlang, ihn wiederherzustellen. Doch er kannte mich noch immer – noch immer verfolgten mich seine Augen mit einem Ausdruck des rachsüchtigsten Hasses . Seine Worte wiesen häufig auf die Natur seiner Verdächtigungen hin, aber er tobte so unaufhörlich, dass sie unbemerkt blieben, außer von mir und Bayfield : zu verhängnisvoll, leider! Wir verstanden sie. Ihr erklärte ich alles, was geschehen war, und sie sagte mir, sie habe keine Bedenken, zu glauben, dass De Sylva der Urheber dieser schrecklichen Tragödie war. Diesen Schurken zu finden, schien unmöglich: Meine Diener kehrten nach einer Woche Suche in alle Richtungen zurück, ohne die geringste Spur von ihm entdeckt zu haben. Tatsächlich ist es äußerst schwierig, einen Flüchtling in diesem wilden, romantischen Land aufzuspüren: Unermessliche Wälder, tiefe Höhlen und die Abgründe riesiger Ruinen könnten einen solchen leicht vor der Verfolgung schützen.

„Den Bediensteten erzählte ich von der Idee, dass einige Banditen aus den Bergen ihre Herrin auf ihrem einsamen Spaziergang gefunden hätten – und sie wussten alle, dass ich das oft befürchtet hatte – und sie hätten sie wegen des Geldes und der Juwelen, die sie bei sich trug, ermordet. Tatsächlich hatten viele von ihnen gesehen, wie sie mit einigen reichen Schmuckstücken hinausging, die sie normalerweise trug und die sicherlich vom Körper entfernt worden waren.

„Als ich am nächsten Morgen die Eremitage durchsuchte, wurde ein Paket gefunden, das eine komplette spanische Kutte für einen Jungen und einen Brief enthielt – zumindest einen Teil davon, denn ein Teil war abgerissen, und der Rest enthielt nur diese Worte:

In der Hermitage heute Abend müssen wir direkt fliegen
St. Aubyn wird warten , bis allein kommen

„Ich konnte mir leicht vorstellen, dass dies Teil eines Briefes von De Sylva war, in dem er Rosolia zu einem Treffen in der Hermitage verabredete . ‚St. Aubyn wird auf mich warten‘ spielte offensichtlich darauf an, dass ich an dem von ihm verabredeten Ort auf ihn wartete; doch selbst diese Worte schienen mich auf fatale Weise in diese schreckliche Angelegenheit zu verwickeln: Wäre das Ganze erhalten geblieben, hätte es mich vollständig von aller Schuld freigesprochen: Unglücklicherweise trafen die Umstände zusammen und ließen den Anschein von Schuld auf mich fallen.

„Als mein Bote aus Madrid zurückkehrte, erfuhr ich, dass der ehrwürdige Herzog von Castel Nuovo zu krank zum Reisen war. Er überließ mir die gesamte Leitung dieser traurigen Angelegenheit und drückte seine Überzeugung aus, dass einige der Banditen, von denen bekannt war, dass sie die Sierra Morena heimsuchten , die Mörder seiner Enkelin gewesen waren. Er bat mich, mich mit größter Sorgfalt um Edmund zu kümmern, und lud mich ein, ihn nach Madrid zu begleiten, wenn er sich ausreichend erholt hätte, oder ihn, wenn mir das nicht möglich wäre, durch eine Person zu schicken, der ich mich anvertrauen könnte und die dafür sorgen würde, dass er sicher in seine Obhut genommen würde. Er schloss mit sehr freundlichen Ausdrücken seines Bedauerns darüber, dass es so völlig außerhalb seiner Macht gelegen habe, mir während meines Aufenthalts in Spanien jene persönliche Aufmerksamkeit zu schenken, die er sich so sehr gewünscht hatte.

„Somit war ich von jedem Verdacht, an dem jüngsten, schrecklichen Ereignis beteiligt gewesen zu sein, befreit, außer in den Augen von Edmund, der inzwischen seinen Verstand wiedererlangt hatte und langsam wieder gesund wurde, mich jedoch immer noch mit Grauen und Abneigung ansah und in tiefste, finstere Melancholie versunken war.

"Da ich diesen Zustand der Entfremdung und Angst nicht lange ertragen konnte, ging ich eines Tages in sein Zimmer, setzte mich neben die Couch, auf der er lag, und sagte: ‚Ich sehe, Edmund‘, sagte ich, ‚ich sehe nur zu deutlich, welche schrecklichen Verdächtigungen Sie sich gebildet haben, und welchen düsteren Hass, der so unnatürlich für Ihren Charakter ist und an Ihren Eingeweiden nagt. Auch können Sie einen so elenden Zustand nicht lange ertragen. St. Aubyn wurde nicht geboren, um Gegenstand solch grausamer Verdächtigungen zu sein, und Edmund nicht, um sie zu ertragen. Hören Sie mir also geduldig zu; und obwohl ich aus Zärtlichkeit gegenüber der unglücklichen Rosolia , wenn möglich, ihr Fehlverhalten vor der ganzen Welt und vor allem vor Ihnen verborgen hätte, fordern mich die Umstände doch so dringend auf, es offenzulegen, dass ich nicht länger schweigen kann.'

„Ich, meine Ellen, habe ihm dann alle Einzelheiten geschildert, so wie ich es bei Dir getan habe. Und obwohl er offensichtlich schwankte, war das Vorurteil, das er entwickelt hatte, so stark, dass er nicht völlig überzeugt war.

„Die Pistole", sagte er, „haben Sie bis zu einem gewissen Grad erklärt: Wenn diese Geschichte wahr ist, könnte sie von De Sylva dort platziert worden sein : seine verfluchte Hand könnte es gewesen sein, die dieses Blut vergossen hat – dieses kostbare Blut, das ich in meiner Vorstellung noch immer zu meinen Füßen fließen sehe! Aber ach! St. Aubyn , woher kam dieser *Ring* – dieser bekannte Ring, von dem ich so oft gehört habe, dass Sie ihn mehr wertschätzten als alle Juwelen in Ihrem Besitz?"

„Das vollständig zu erklären", sagte ich, „steht nicht in meiner Macht; aber bei meiner Ehre versichere ich Ihnen, dass ich es mehrere Tage vermisst habe, obwohl ich es in der Hoffnung, den Dieb zu entdecken, nicht erwähnt habe. Sie wissen, dass in letzter Zeit mehrere von Rosolias Juwelen verloren gegangen sind; und seit wir hier sind, hat sie mich oft um Geldbeträge gebeten, obwohl sie hier keine Verwendung dafür gehabt haben könnte; aber da ich bereit war, ihr sogar ihre Fantasien zu befriedigen, solange sie meinen Frieden und meine Ehre nicht beeinträchtigten , habe ich sie nie abgewiesen oder eine Erklärung verlangt; dennoch wurde bei der Durchsuchung ihres Sekretärs und ihrer Schubladen kein Geld gefunden. Dies lässt mich glauben, ja, mit Sicherheit, dass entweder der Schurke De Sylva diesen Ring und die anderen fehlenden wertvollen Gegenstände gestohlen hat, oder sie hat sie ihm bei den Treffen gegeben, von denen Bayfield jetzt überzeugt ist, dass sie *in letzter Zeit* häufig stattgefunden haben.'

„Unmöglich, unmöglich!", rief der edle, aber voreingenommene junge Mann. „ Rosolia hätte sich nicht herablassen können, einem so armseligen Schurken, der Geld oder Juwelen aus ihren Händen erhalten hätte, selbst mit ihrer Freundschaft Gunst zu erweisen. Diese Geschichte, mein Herr, ist nicht ganz schlüssig, und ich habe nur Ihr Wort dafür – das Wort einer Person, für die es von größter Wichtigkeit ist, dass ich sie glaube. Aber denken Sie, oh denken Sie, was für eine Kette von Umständen gegen Sie spricht! – Die Drohungen, die *ich* Sie aussprechen hörte, dass Sie Ihre Verletzungen noch am selben Abend mit eigener Hand rächen würden! Als ich Sie nach zwei Stunden Abwesenheit, niemand wusste, wohin, hitzig und verwirrt wiedertraf, mit einer Pistole in der Hand – der Pistole, die die liebe, ermordete Rosolia abgefeuert hatte – und vor allem Ihrem Ring, den Bayfield, zweifellos von ähnlichen Verdächtigungen geplagt, zu verbergen suchte! Stellen Sie all dies gegen Sie auf und sagen Sie mir, sagen Sie mir selbst, was ich glauben muss, was ich glauben sollte.“

„,Es ist genug‘, antwortete ich. ‚Dann unterwerfe ich mich Ihrem Willen. Bringen Sie mich, wenn Sie das wünschen, ins Gefängnis, in den Tod. Ich nehme an, Ihre Aussage wird ausreichen, um mich zu verurteilen – um mir meine Ehre und mein Leben zu rauben. Aber halten Sie Ihre früheren Kenntnisse über meinen Charakter und meine Gesinnung für umsonst? Bin ich ein Mann, der eine solche Tat begangen haben könnte? – der eine solche Geschichte erfunden hätte, um sie zu entschuldigen, wenn ich es getan hätte? Ich schwöre Ihnen, Edmund, bei allem, was heilig ist, *ich bin unschuldig* – ich werde es bis zum letzten Augenblick meines Lebens schwören.‘

„Von diesen Worten bewegt, von der Erinnerung an meine ganze frühere Freundschaft mit ihm – erlauben Sie mir zu sagen, von der Erinnerung an die Jahre, die ich so verbracht hatte, dass er eine feste Meinung von meiner Tugend und Wahrhaftigkeit hatte – hielt der großzügige junge Mann einen Moment inne und sagte schließlich:

„Nun denn, mein Herr, da es mir angesichts dieses Widerspruchs zwischen Behauptung und Beweis unmöglich ist, zu wissen, was ich glauben soll, werde ich zumindest für den Augenblick so tun, als hielte ich Sie für unschuldig. Suchen Sie diesen De Sylva – suchen Sie ihn, wenn Sie wollen, überall auf der Welt. Ich werde kein Wort verlieren, keinen Verdacht erwecken, der Sie bei der Suche behindern könnte. Sollten Sie in der Lage sein, sein Geständnis als Beweis Ihrer Integrität vorzulegen, werde ich Sie um Verzeihung für meinen Unglauben bitten. Sollten im Gegenteil neue Anhaltspunkte für Ihre Schuld auftauchen – sollten neue Entdeckungen gemacht werden, die Ihrer Unschuld abträglich sind , werde ich trotzdem wissen, wie ich Sie erreichen kann.

„Hier wollen wir uns trennen! Sobald mein schwacher Zustand es erlaubt, verlasse ich dieses verhängnisvolle, verabscheute Dach und werde mich meinem Großvater in Madrid anschließen. Aus seinen Briefen erfahre ich, was Sie ihn zu diesem schockierenden Thema glauben ließen. Wenn Ihre Geschichte tatsächlich wahr ist, sollte ich die nachsichtige Zärtlichkeit, mit der Sie den Ruf meiner armen Schwester behandelt haben, höchst dankbar anerkennen. – Aber oh! Könnte sie, könnte sie so schuldig sein? – Auf jeden Fall ist es gut, wenn der Herzog Ihrer Aussage Glauben schenkt. In seinem Alter würden die Zweifel, die mich so schütteln, ihn umbringen! – Lassen Sie uns vorerst nicht mehr aufeinandertreffen. – Sollte De Sylva gefunden werden, schreiben Sie mir: Schreiben Sie auf Englisch, und die Leute um mich herum werden Ihren Brief nicht verstehen. Alle weiteren Nachforschungen in dieser Angelegenheit muss ich aufschieben, bis der Beginn meiner Volljährigkeit mich zu meinem eigenen Herrn machen wird. Dann muss ich, so ist der Wille meines Vaters, noch einmal nach England reisen, um meine Besitztümer in diesem Land in Besitz zu nehmen und die Rechnungen von Ihnen zu erhalten. Dann, mein Herr, werden wir schließlich alle Beweise prüfen, die dann erhalten sein werden Ihrer Unschuld oder Schuld; und dann werde ich entweder Rosolias Fehler beklagen oder ihren Tod rächen, entweder mit meinem Schwert oder der Hand des Gesetzes, wie ich es für am angemessensten halte. Dann werde ich ein Mann sein und durch verbessertes Urteilsvermögen und körperliche Stärke besser in der Lage sein, meine eigenen Überzeugungen durchzusetzen. Ich wünsche mir aufrichtig, dass Ihr Charakter lange vor dieser Zeit reingewaschen wird ; doch, ach! wie kann ich das wünschen, wenn durch diesen Freispruch meine arme Rosolia als so schuldig erwiesen werden muss!'

"Ein paar Tage nach diesem Gespräch brach Edmund unter der Obhut einer Person, der ich mich anvertrauen konnte, nach Madrid auf. Bald darauf entließ ich alle meine Diener, außer Mrs. Bayfield und meinem Diener, die ich nach England schickte, und verließ ebenfalls diesen verhängnisvollen Ort. Ich mietete ein Maultier und reiste allein durch die Sierra nach La Mancha. In Civedad engagierte ich einen Diener, da ich keinen mitnehmen wollte, der irgendetwas von den jüngsten schmerzlichen Ereignissen gewusst hatte. Auf Maultieren reisten wir weiter und stellten alle möglichen Fragen nach De Sylva. Nicht einmal mein Diener kannte meinen richtigen Namen und Rang. Ich dachte, wenn ich diese verheimlichte, hätte ich eine bessere Chance, den Schurken zu finden, den ich suchte. Aber meine Suche war trotzdem vergebens. Von Toledo, wo ich mich eine kurze Zeit ausruhte, schrieb ich an einige der Offiziere von De Sylvas Regiment in Sevilla, um zu erfahren, ob er dorthin zurückgekehrt war, obwohl es höchst unwahrscheinlich schien, dass er dies getan hatte. Aber ich wollte jede Möglichkeit nutzen, um ihn zu entdecken . Als Antwort erfuhr ich, dass De Sylva Urlaub etwa zwei Monate zuvor; aber obwohl dieser schon einige Zeit vergangen war, war er noch nicht zurückgekehrt : so dass nun zu den anderen Anklagen die der Desertion hinzukam, die ihn, wie ich bezweifelte, nicht dazu veranlasst hatten, sich verborgen zu halten. Ich reiste durch Spanien und mied Madrid, wo, wie ich wusste, mein Freund und Korrespondent, der Marquis von Northington , der dort in diplomatischer Funktion ansässig war, jede erdenkliche Suche nach De Sylva durchführen würde; und überquerte die Pyrenäen und betrat die französische Grenze, wenngleich mit großem Risiko und Gefahr, wenn man gewusst hätte, dass ich Engländer war; aber ich galt überall als Spanier, da ich die Sprache wie ein Einheimischer sprach, da ich seit meiner Kindheit daran gewöhnt war, sie mit Rosolia und Edmund zu sprechen; und ich bildete mir ein, in diesen wilden Bergen De Sylva zu begegnen, der wahrscheinlich zu den verzweifelten Charakteren gehören würde, von denen es dort damals im Überfluss gab. Aber meine Suche war vergeblich und schließlich kehrte ich nach England zurück; und da ich dachte, dass ich diesen Schurken, der mit Spielern zu tun hatte, vielleicht in London finden könnte, suchte ich in jedem Haus nach ihm, wo man solche Leute antreffen konnte; aber die Suche war immer noch vergeblich.

„Dann kam ich für eine Weile hierher , um meinen erschöpften Geist auszuruhen. Hier erkrankte ich, niedergedrückt von den ständigen Qualen , die ich so lange ertragen hatte, schwer an einer Krankheit, während der mich meine gute Bayfield mit zärtlichster Fürsorge pflegte ; und da sie allein all den Kummer kannte, der mich bedrückte, konnte ich in ihrer Gegenwart meinem Kummer ohne Hemmungen freien Lauf lassen.

"Unmittelbar nach meiner Genesung erhielt ich einen Brief von meinem Freund Lord Northington , der auf meine Bitte hin selbst und seine Agenten alle möglichen Nachforschungen über De Sylva angestellt hatte. Er teilte mir mit, dass vor kurzem eine Person von verdächtigem Charakter verhaftet worden war und ihr verschiedene Verbrechen vorgeworfen wurden, unter anderem Desertion. Aufgrund meiner Beschreibung vermutete er, dass es sich bei diesem Mann um De Sylva handelte . Ich schrieb Edmund sofort, dass ich hoffte, das Objekt meiner langen Suche gefunden zu haben; dass ich sofort nach Spanien reisen und ihn aufsuchen würde, sobald etwas festgestellt sei . Doch leider stellte sich nach all meinen Mühen und Strapazen heraus, dass dieser Mann überhaupt nicht De Sylva ähnelte und in keiner Weise mit ihm verwandt war.

„Beschämt und enttäuscht ging ich dennoch nach Sevilla, wo Edmund sich damals aufhielt. Der Herzog von Castel Nuovo war seit einigen Monaten tot und sein Enkel stand unter der Obhut von Mr. O'Brien und einigen anderen Geistlichen, die durch den Willen des Herzogs dazu bestimmt worden waren, während seiner Minderjährigkeit als Vormund seiner Person und seiner spanischen Besitztümer zu fungieren. Es war nicht ohne Schwierigkeiten, eine private Unterredung mit ihm zu erreichen , denn diese Katholiken waren eifersüchtig auf meinen angeblichen Einfluss auf seinen Geist.

„Ich fand ihn sehr verändert vor und offensichtlich von düsteren und ängstlichen Gedanken geplagt, die auch das Leben, das er unter strengen und abergläubischen Menschen führte, nicht zu vertreiben vermochte. Seine Vorurteile waren für mich immer noch unbesiegbar und er war entschlossen, nach England zu kommen, sollte ich meine Unschuld nicht eindeutig beweisen können, entweder um den durch das Schwert getöteten Tod seiner Schwester zu rächen oder mich als ihren Mörder anzuklagen – eine schreckliche Alternative, von der ich mich nicht zu befreien wusste. Denn es schien unmöglich, De Sylva zu finden, und wenn ich ihn fand, wusste ich nicht, wie ich ihn zu einem Geständnis bringen sollte. Und selbst dafür, dass er in meiner Villa in der Nähe der Sierra Morena gewesen war , hatte ich keine Zeugin außer Mrs. Bayfield, deren Aussage zu meinen Gunsten als voreingenommen angesehen werden konnte und höchstwahrscheinlich auch würde.

„So und mit dieser schockierenden Aussicht ständig vor Augen ist die Zeit seit dem verhängnisvollen Tag von Rosolias Tod vergangen. In Sorge um Ihren Frieden und Ihre Sicherheit schrieb ich an Edmund, der schon vor drei Monaten hier hätte sein sollen, und bat ihn, seine Ankunft bis zu diesem Zeitpunkt zu verschieben. Ich nannte ihm meine Gründe, denen er nachkam und erst vor einer Woche in England ankam. Er musste hierher kommen, da Mordaunt alle Papiere zu seinem Besitz in seinem Besitz hatte. Sie wissen, dass er in letzter Zeit zu krank war, um das Haus zu verlassen, und seine Unterschrift war absolut notwendig .

„Nachdem O'Brien und Mordaunt letzte Nacht in die Bibliothek gegangen waren, versuchte ich erneut , Edmund von meiner Unschuld zu überzeugen. Und obwohl ich glaube, dass sein Urteilsvermögen inzwischen gereift ist und seine Leidenschaften Zeit hatten, sich abzukühlen, ist er eher geneigt, mir zu glauben und die Sache auf sich beruhen zu lassen, so konnte ich ihn auf keinen Fall dazu bewegen, mich ausdrücklich freizusprechen. Und dass dieses Haus die Erinnerung an seine Schwester und alle vergangenen Ereignisse so stark wieder aufleben ließ, war ohne Zweifel der Grund für sein nächtliches Umherwandern.

„Was aus all dem werden wird, weiß ich nicht; aber wenn ich feststelle, dass er bei einer Unterredung, die ich heute mit ihm abhalten möchte, immer noch unerbittlich ist, dann denke ich, dass der Schein so sehr gegen mich spricht, dass ich mich zumindest für eine Weile mit Ihnen und unserem Jungen an einen sicheren Ort zurückziehen muss.

„Ich habe Dich ermüdet, meine Ellen, und bin es selbst leid, so lange über ein so aufwühlendes Thema zu sprechen. Aber sag mir, meine Liebe, oh! Sag mir, ob Du mich wenigstens für unschuldig hältst an dieser schrecklichen Tat!“

„Unschuldig!“ rief Ellen (deren viele zärtliche Ausrufe und aufgeregte Unterbrechungen häufig bewiesen hatten, mit welchem Interesse sie dieser melancholischen Erzählung zugehört hatte). „Oh, Himmel! Meine eigenen Sinne würden mich nicht dazu bringen, Sie anders zu denken. Aber in diesem Fall erscheint mir alles so klar, so leicht nachvollziehbar, dass ich erstaunt bin, dass der großzügige junge Mann, den Sie beschrieben haben, auch nur einen Augenblick in seinem Glauben zögern kann. – Ach! Mein lieber St.

Aubyn , lassen Sie *mich* mit ihm sprechen; lassen Sie mich ihm von Ihren Tugenden erzählen, von Ihrer sanften Natur, von Ihrem zärtlichen und liebevollen Wesen. Sicherlich wird er mir zuhören: Sicherlich muss er sich der Überzeugung hingeben, die diese vermitteln müssen, dass Sie einer so grausamen Tat nicht schuldig waren und nicht schuldig sein konnten!"

„Ja, meine Liebste, meine geliebte Ellen", antwortete St. Aubyn , „so soll es sein. Deine sanften, überzeugenden Worte und Blicke werden ihm, da bin ich mir sicher, die Überzeugung vermitteln, dass der Mann, den du liebst, kein Schurke sein kann."

„Aber Ellen, kompromittiere meine Ehre oder deine eigene Würde nicht auf niederträchtige Weise. Argumentiere und überzeuge ihn sogar, wenn du kannst, von meiner Unschuld zu glauben. Aber wenn dir das nicht gelingt, dann verklage ihn nicht. Ich könnte mein Leben und meine Ehre nicht einfach nur wegen seiner *Nachsicht annehmen* . Aber um deinetwillen und um des unseres Kindes willen werde ich meinen stolzen Geist bis zu einem gewissen Grad beiseite legen und Bedingungen nachgeben, die ich sonst verachten würde."

Hier trennten sie sich, und Ellen zog sich in ihr Ankleidezimmer zurück, um ihre müden Geister zu erfrischen, ihr Kind zu küssen und um es zu beten und inbrünstig um jedes Wort zu beten, das den voreingenommenen, aber großzügigen Edmund beruhigen und überzeugen könnte.

KAPITEL IV.

Wir wissen nicht
, wie er beim Anblick des Kindes weich werden kann.
Das Schweigen reiner Unschuld
überzeugt oft, wenn das Sprechen versagt.

Wintergeschichte.

Mit einer Miene, die ganz anders war als die üblichen fröhlichen Begrüßungen am Morgen im St. Aubyn Castle, versammelte sich die Gesellschaft nun dort im Frühstücksraum .

Der Graf und die Gräfin, ermüdet vom Lärm der Nacht und der aufwühlenden Unterhaltung der letzten Tage, konnten sich kaum der Stimmung hingeben, ihren Gästen zuzulächeln und ihnen den gastfreundlichen Empfang zu bereiten, den jeder von ihnen im Allgemeinen erwartete. Lady Juliana, steif und streng im Gesicht, würdigte die Begrüßung von Mr. O'Brien kaum einer Verbeugung; und der blasse, melancholische Edmund, der seine Gefühle beherrschend auf Lady St. Aubyn zuging und eine Entschuldigung für das versuchte, was am Abend zuvor geschehen war, denn von seinen nächtlichen Wanderungen und ihrer daraus resultierenden Beunruhigung hatte er nicht die geringste Ahnung. Vor St. Aubyn schien er mit weniger Abneigung zurückzuschrecken als sonst, aber als er am Frühstückstisch saß, schienen seine Augen und seine ganze Aufmerksamkeit auf Ellen gerichtet zu sein, die, so blass und traurig ihr Aussehen auch war, doch mit solch sanfter Süße sprach, dass sie ihn augenblicklich anzuziehen schien, während der sanfte und nachdenkliche Charakter, den ihre Schönheit angenommen hatte, genau dazu geeignet war, die allzu heftigen Emotionen dieses tief empfindenden jungen Mannes zu besänftigen und zu beruhigen. Ihre Macht über das Herz, die alle, die sie sahen, spürten, entsprang den vereinten Reizen ihrer Stimme, ihrer Person und ihres Verhaltens, die alle so harmonisch miteinander harmonierten, dass sie ein bezauberndes und stimmiges Ganzes bildeten. Und dies, gesteuert durch die vollkommenste Reinheit der Manieren, die feinste Zartheit der Gefühle und die innigste Zärtlichkeit des Herzens, sicherte ihr nicht nur die Bewunderung, sondern auch die Achtung und Liebe aller, die sie kannten; und mehr noch, aller, die sie zu gewinnen oder zu erweichen suchte. Kein Wunder also, dass Edmunds junges und großzügiges Herz sich ihr zuwandte und schon vor Ende des Frühstücks spürte, dass er ihr um nichts in der Welt Schmerz oder Unrecht hätte zufügen können.

Mr. Mordaunt hatte ein Uhr mittags angesetzt, um alle rechtlichen Angelegenheiten zwischen Lord St. Aubyn und Lord De Montfort zu regeln, da sein schwacher Gesundheitszustand es ihm nicht erlaubte, früher zum Schloss zu kommen. Sobald das Frühstück vorbei war, lud St. Aubyn seine Gäste daher ein, auf dem Gelände spazieren oder zu reiten. O'Brien willigte gerne ein, und Laura sagte, sie würde gern mit ihnen reiten; aber Edmund lehnte kalt ab und sagte, wenn er überhaupt hinausginge, sollte er nur ein kurzes Stück allein spazieren gehen, da er sich matt und unwohl fühle. „Dann empfehle ich Ihnen, meine Ellen", sagte St. Aubyn , „unseren edlen Gast. Ich brauche Sie nicht zu bitten, ihm jede Aufmerksamkeit zu schenken; wenn möglich, überreden Sie ihn, zu bleiben und mit uns zu speisen: er spricht davon, zu gehen, sobald seine Geschäfte erledigt sind."

„Ich hoffe, Mylord", sagte Ellen zu De Montfort, „das werden Sie nicht tun. Die Abende brechen jetzt abrupt herein, und von hier aus wird es spät sein, bevor Sie das Ende der ersten Etappe erreichen."

Er verneigte sich schweigend.

Die Herren und Miss Cecil machten sich bereit für ihren Ausritt, und Ellen klingelte und forderte Jane auf, ihre Netzbox dorthin zu bringen, denn sie fürchtete, wenn sie wie gewöhnlich ins Kinderzimmer ginge, könnte Edmund ihr entwischen, und es würde sich keine andere Gelegenheit für die Besprechung bieten, die ihr so am Herzen lag.

Lady Juliana ging wie gewöhnlich in ihr Zimmer, wo sie stets zwei oder drei Stunden ihres Morgens allein verbrachte.

Als Ellen sich an ihre Arbeit setzte , hatte Edmund sich in nachdenklicher Haltung auf ein Sofa geworfen und war anscheinend in Träumereien versunken; doch seine Augen waren häufig auf sie gerichtet, und sein Gesicht schien weicher zu werden, als er sie ansah. Bald sah sie die kleine Gesellschaft in den Park reiten, und da sie sich vor Unterbrechungen sicher fühlte, überlegte sie, wie sie ihr geplantes Gespräch am besten beginnen sollte: – ihr Herz klopfte, und ihre Finger verhedderten sich so sehr in ihrer Arbeit, dass es unmöglich war, damit fortzufahren. Ihre Lage war in der Tat schmerzlich; denn sich mit einem jungen Mann , der ihr so vor kurzem noch völlig fremd war, über so tief interessante Themen zu unterhalten, war in der Tat eine schwere Aufgabe für die sanfte, schüchterne Ellen. Sie raffte sich jedoch auf, denn sie fühlte, dass die Zeit schnell verging, und sagte mit zitternder Stimme:

„Mylord, ich fürchte, Sie werden denken, ich nehme mir eine zu große Freiheit gegenüber einer Person heraus, die mir gerade erst fremd war, wenn ich es wage, ein Thema von höchst heikler Natur anzusprechen; für mich ist es aber so interessant, dass ich diese Gelegenheit nicht verstreichen lassen kann, denn es könnte die letzte sein, bei der ich ohne Zeugen mit Eurer Lordschaft spreche."

Sobald sie zu sprechen begann, schreckte De Montfort aus seinen Träumereien auf und schenkte ihr seine ernsthafte Aufmerksamkeit, die jedoch so sanft war, dass sie den Mut hatte, mit etwas festerer und sichererer Stimme fortzufahren.

„Sie dürfen glauben, Mylord", sagte sie, „dass Lord St. Aubyn mir die wahre Ursache der schmerzlichen Szene, deren Zeuge ich letzte Nacht wurde, und einer Erregung in Ihnen nicht verschwiegen hat, die nur durch eine Erzählung zu erklären ist, die er mir aus Zärtlichkeit bis zum heutigen Morgen nie zu erzählen wagte."

„Hat er dann", sagte Edmund (in diesem leisen, feierlichen, eindrucksvollen Ton, der seine Zuhörer so tief fesselte), „hat er es dann gewagt, Ihnen dieses schreckliche Ereignis zu offenbaren, diese Bluttat, deren Schuld er nie von sich abschütteln konnte?"

"Er, Mylord, hat mir die Bedeutung vieler schmerzhafter Andeutungen erklärt, vieler Unbehagen, das ich von Anfang an bei ihm wahrgenommen habe. Aber ach, großmütiger , wenn auch irregeführter Lord de Montfort, können Sie ihn wirklich für schuldig halten? Können Sie an der Unschuld eines Mannes zweifeln, dessen tugendhaftes Leben, dessen zärtliche, liebevolle Natur ihn sicherlich als den von allen Menschen auszeichnet, der am wenigsten wahrscheinlich eine so grausame Tat begangen hat? Sicherlich kann er Ihnen nicht alle Umstände, die diesem traurigen Ereignis vorausgingen, vollständig und klar erklärt haben. Darf ich, ohne Ihre Gefühle zu sehr zu verletzen, es wagen, zusammenzufassen, was er mir erzählt hat. Sicherlich muss eine so klare, so schlüssige Geschichte ihn sofort von jeglicher Beteiligung an dieser schuldigen, dieser grausamen Tat freisprechen."

für St. Aubyn günstig waren, in einen Überblick, verhüllte jedoch mit der rührendsten Zartheit und Rücksichtnahme diejenigen, die Rosolias Ruf am meisten belasteten . Sie tat so, als ob sie glaubte, der arme De Sylva (den St. Aubyn und Mrs. Bayfield ihrer Behauptung nach in der Nacht zuvor ganz sicher an ihrem Fenster gesehen hatten) sei ohne ihr Wissen gekommen, und derselbe Mann, der sie in der einsamen Einsiedelei getroffen hatte, habe die schockierende Tat wegen der Wertsachen begangen, die sie trug.

Es schien, als hätte Edmund sich hauptsächlich gegen die Beweise in St. Aubyn's gewehrt. Gunst , damit er nicht, indem er ihnen nachgab, seine Schwester für schuldig erklärt hätte: Ob dieser Druck nun weniger auf ihm lastete oder ob Ellen selbst, die völlig von St. Aubyns Unschuld überzeugt und vielleicht weniger leidenschaftlich als er gewesen war, als er die gleiche

Geschichte erzählte, ihm die Umstände klarer vor Augen geführt hatte, schenkte er der Geschichte offensichtlich mehr Glauben als je zuvor. Ihre sanfte Stimme und ihr Benehmen und die anmutige Zärtlichkeit, mit der sie von St. Aubyns Tugenden sprach; oder von seinem ehrenhaften und uneigennützigen Verhalten ihr gegenüber, sowohl vor als auch nach ihrer Heirat, und von der vollkommenen Liebe, die sie aneinander verband und ihr Leben in seins einhüllte ; Tränen der Zärtlichkeit und Erröten der Empörung kennzeichneten die unterschiedlichen Gefühle, die ihre Brust bei dem bloßen Gedanken erfüllten, dass er eines solchen Verbrechens verdächtigt wurde, und belebten ihre Schönheit mit neuen Reizen, schienen ihn tief mit Gefühlen der Bewunderung und Wertschätzung zu beeindrucken. Als sie innehielt, seufzte er und sagte: –

„Liegt es in der Natur, einem solchen Bittsteller zu widerstehen oder zu glauben, dass der Mann, den eine so Reine und Makellose so sehr liebt, selbst zu den schlimmsten Verbrechen fähig sein kann? Nein, Lady St. Aubyn , wären Ihre Naturen so unterschiedlich, wäre es unmöglich, dass Sie ihn so lieben und ihm so viel Vertrauen schenken könnten.“

In diesem Augenblick war eine leise, klagende Stimme an der sich öffnenden Tür zu hören, die Stimme eines Kindes. Edmund erschrak, denn er hatte vergessen, dass Lady St. Aubyn vor kurzem Mutter geworden war, und eine schmerzliche Erinnerung an das so sehr geliebte und so tief betrauerte Kind seiner vergötterten Rosolia lastete auf seinem Herzen !

Nun erschien die Amme mit dem Baby im Arm. Sie wunderte sich über die meist lange Abwesenheit ihrer Herrin vom Kinderzimmer und wollte einige Anweisungen bezüglich des Kindes erfragen. Angenommen, alle Herren wären zusammen ausgegangen, so wäre sie beim Anblick von Lord de Montfort zurückgewichen, doch Ellen kam näher, nahm das Kind in die Arme und sagte:

„Gib ihn mir, Amme. Ich werde ihn nur Lord de Montfort zeigen und ihn selbst ins Kinderzimmer bringen.“ Dann entfaltete sie seinen Mantel und drückte ihn an ihre zarte Brust. Als die Amme gegangen war und mit leichten, anmutigen Schritten auf Edmund zuging (der von seinem Sitz aufstand, um sie zu begrüßen), sagte sie:

„Sehen Sie hier, mein Herr, einen noch mächtigeren Fürsprecher; einen wahrhaftig Reinen und Unbefleckten, dessen Zukunftsaussichten getrübt werden müssen, dessen unschuldiger Name verflucht werden muss, wenn Sie an Ihren Absichten festhalten, wenn Sie die Vernichtung seines Vaters anstreben. Sehen Sie sich dieses Baby an und sagen Sie mir, ob Ihre sanfte Natur ihn zu solch grausamen Unglücken verdammen kann, wie es Ihre Denunziation seines Vaters über sein schuldloses Haupt bringen muss.“

Edmund, der edle Edmund, beugte sich herab und schämte sich nicht, Tränen der Zärtlichkeit und des Mitleids über das süße Gesicht des Kindes zu gießen, als er es ansah. Das liebliche Geschöpf öffnete die Augen, und mit demselben sanften Ausdruck vertrauensvoller Unschuld, der die Züge seiner Mutter kennzeichnete, streckte es seine kleinen Hände aus und lächelte.

"Oh! Das ist zu viel! Wirklich zu viel!", rief De Montfort. "Ich darf kein Mann sein, der dieses süße, dieses liebliche Kind und Sie, engelsgleiche Frau, sieht und es wagt, einen schädlichen Wunsch gegen diesen Mann zu äußern, von dem das Glück beider abhängt! Von nun an verzichte ich für immer auf alle meine rachsüchtigen, vielleicht unbegründeten Pläne: Niemals soll ein Wort oder Blick von mir versuchen, den glücklichen, beneidenswerten St. Aubyn zu verletzen . Sicherlich hätte der Himmel ihn nicht mit so seltenem Glück beschenkt , wenn eine so grausame Tat wie die, die ich bei ihm vermutete, seine Seele befleckt hätte! Ich werde versuchen, das zu denken, zu glauben. Überzeugen Sie sich zumindest, schönste aller Frauen, dass er von mir nichts mehr zu befürchten hat; und möge der erlesenste Segen des Himmels auf Sie und dieses süße, dieses liebliche Kind herabregnen!"

Er ließ ein Knie auf den Boden sinken und küsste voller Ehrfurcht Ellens Hand, während er seine ausdrucksvollen Augen zu dem Himmel erhob, den er um ihre Gunst anrief . Dann stand er auf, nahm ihr das Baby aus den Armen, küsste seine Hände, seine Wangen und seine Lippen, gab es seiner Mutter zurück und verließ mit hastigen und aufgeregten Schritten das Zimmer. Er hinterließ bei ihr Gefühle der Freude, Dankbarkeit und zärtlichsten Hochachtung für dieses edle, wenn auch etwas exzentrische Wesen.

Sie drückte ihr Baby an ihr liebevolles mütterliches Herz, das aufgrund der schweren Szenen der letzten Zeit eine noch größere Zuneigung für es zu empfinden schien, und ging mit ihm ins Kinderzimmer, wo Laura es wenige Minuten später fand und die Rückkehr der Herren von ihrem Ausritt ankündigte.

„Wo ist St. Aubyn ?“, fragte Ellen mit einem Gesicht, auf dem Tränen und Lächeln miteinander kämpften: „Ich muss ihn sofort sehen.“

„Es ist fast die Zeit, die Mr. Mordaunt festgesetzt hat , um Lord de Montforts Geschäfte abzuschließen“, sagte Laura, „und ich glaube, er ist in sein Arbeitszimmer gegangen. Aber was ist los, Ellen? Du siehst aufgeregt und doch freudig aus? Ich habe dich noch nie so strahlend schön gesehen. Ich bin sicher, dass irgendetwas passiert ist, das dein Gesicht so erstrahlen lässt.“

Ellen lächelte und sagte: „Oh, Schmeichler! Aber ich kann jetzt nicht bleiben, um es Ihnen zu erzählen; ich hoffe nur, dass ich das Glück hatte, einen langjährigen Streit zwischen Lord de Montfort und St. Aubyn beizulegen , und ich kann es kaum erwarten, meinem Lord das Ergebnis meiner morgendlichen Unterhaltung mit dem ersteren mitzuteilen – hier, nehmen Sie das Baby, Laura, und behalten Sie es, wenn Sie wollen, bis ich wiederkomme, es sei denn, Lady Juliana kommt wie üblich und schnappt es sich." Dann eilte sie zu St. Aubyn , den sie allein vorfand, und hatte gerade noch Zeit, ihm das Ergebnis der Unterredung mit Edmund mitzuteilen, aber nicht die Einzelheiten, bevor Mr. Mordaunt und die anderen Herren sich versammelten.

Als De Montfort das Arbeitszimmer betrat, verließ Lady St. Aubyn es gerade, doch er hielt sie einen Augenblick lang auf und sagte leise: „Bleiben Sie, Madam, und bezeugen Sie Ihre Macht über mich." Dann trat er näher, streckte St. Aubyn die Hand entgegen und sagte zu ihm auf Italienisch, das O'Brien, wie er wusste, nicht verstand: „All unsere Feindseligkeit soll für immer verbannt sein ." Doch waren seine Vorurteile so stark gewesen und waren es vielleicht noch immer, dass die Hand, die er ihm reichte , zitterte und er blass wurde, als St. Aubyn sie ergriff.

"Ich habe nie welche gespürt, Edmund", sagte er. "Ich habe große Rücksicht auf dich genommen und dir gegenüber brüderliche Liebe empfunden: meine Freundschaft und meine besten Dienste gehören dir zu allen Zeiten."

Anschließend entschuldigte er sich bei den anwesenden Herren für die seltsame Sprache und erklärte diese kleine Szene mit den Worten, dass eine unglückliche Meinungsverschiedenheit, die vor langer Zeit zwischen ihm und Lord de Montfort stattgefunden habe, nun glücklicherweise beigelegt worden sei.

Ellen blieb gerade lange genug, um St. Aubyn leise zu diesem glücklichen Ende einer Affäre zu gratulieren, die ihm so viel Unbehagen bereitet hatte. Dann wandte sie sich an Edmund und sagte: „Sie speisen mit uns, Mylord." Er verneigte sich in stummem Einverständnis und sie zog sich zurück, überglücklich in diesem Augenblick der Glückseligkeit.

Lord de Montfort und Mr. O'Brien blieben an diesem Tag im Schloss, und ersterer war zwar manchmal noch in Träumereien versunken, aber dennoch gelassen und manchmal fast heiter. Eine Last schien von seinem Herzen genommen, und obwohl sein Benehmen gegenüber St. Aubyn immer noch gezwungen und distanziert war, gab es Momente, in denen er Mühe hatte, sich davor zu schützen, freundlich und herzlich zu wirken.

Ellen war klar, dass Edmunds tief verwurzelte und gehegte Vorurteile unmerklich verschwinden würden, wenn sie oft zusammen wären, und bedauerte deshalb, dass er sich nicht dazu überreden ließ, länger als bis zum nächsten Morgen zu bleiben.

An diesem Abend kehrte Laura Cecil, die sich darüber gefreut hatte, dass De Montfort in gewissem Maße wieder jene Manieren annahm, die ihn als Junge so umgänglich gemacht hatten, nach Rose Hill zurück, wo bald Sir Edward Leicester erwartet wurde, den sie vermutlich noch vor Weihnachten heiraten würde.

Lord St. Aubyn war bereit, zu gestatten, dass Ellen seinem treuen Bayfield von ihren Geschäften in Spanien und der glücklichen Versöhnung zwischen ihrem Lord und Lord de Montfort erzählte. Und Bayfield, der Ellen zuvor beinahe vergöttert hatte, sah in ihr nun die Ursache eines so begehrenswerten Ereignisses und fühlte ihre Liebe und Verehrung verdoppelt.

Im Laufe des Abends deutete Lord St. Aubyn gegenüber Mr. O'Brien an, dass einige seiner Familienmitglieder dadurch gestört worden seien, dass Lord de Montfort sein Zimmer im Schlaf verlassen habe. Mr. O'Brien sagte, dass sein Schüler dies manchmal nach großen Erregungen tue, dass dies aber selten vorkomme und häufig monatelang nicht. Tatsächlich kam es zu keiner weiteren Störung und die beiden Herren reisten am nächsten Morgen ab. Bei den Bewohnern des Schlosses blieben ganz andere Gefühle zurück als bei ihrer ersten Ankunft.

KAPITEL V.

Meine edlen Klatschtanten, Sie waren zu freizügig ;
ich danke Ihnen dafür – das wird auch dieses *Kind sein* ,
wenn *es* erst einmal so viel Englisch kann.

Heinrich der Achte.

Lady St. Aubyn hatte im vergangenen Winter so wenig Freude an ihrem Besuch in London gehabt, dass sie inständig darum bat, das Schloss erst nach Weihnachten zu verlassen. Laura bat sie daraufhin, nach ihrer Hochzeit einen Monat oder sechs Wochen dort zu verbringen. Da die Gräfin noch nicht vorgestellt worden war, wünschte sie, die Zeremonie möge stattfinden, wenn sie selbst vorgestellt würde. Auch Lord und Lady Delamore wurden zu dieser Zeit in London erwartet, und Ellen versprach sich große Freude, sie kennenzulernen. Daher wurde beschlossen, dass sie Anfang Februar Sir Edward und Laura (die damals Lady Leicester hieß) in der Stadt treffen und bis dahin ruhig auf dem Land bleiben sollte, wo sie Muße haben würde, ihren mütterlichen Pflichten nachzukommen, die sie freiwillig auf sich genommen hatte und durch deren gebührende Ausübung ihr süßes Kind täglich wuchs und sich verbesserte.

Bevor sie das Schloss verließen, wurde der junge Erbe mit aller gebührenden Pracht getauft. Sir William Cecil und Sir Edward Leicester, Lady Juliana und Miss Cecil waren Taufpaten. Das Taufkleid aus feiner Brüsseler Spitze für das Kind über weißem Satin und ein ähnliches Kleid für die schöne Mutter waren Geschenke von Lady Juliana ; auch die anderen Taufpaten waren sehr großzügig mit ihren Geschenken für ihren Patensohn.

Die Heiterkeit, die diese Zeremonie begleitete, beschränkte sich nicht auf die Mauern des Schlosses, wo allerdings auch alle vornehmen Leute aus der Nachbarschaft elegant bewirtet wurden, während die ärmeren Schichten aufs gastfreundlichste in einigen provisorischen Gebäuden und Festzelten bewirtet wurden, die zu diesem Zweck im Park errichtet worden waren. Große Feuer vertrieben die Winterkälte und dienten zugleich dazu, die Vorräte anzurichten, die für die Bewirtung der um sie herum versammelten Menge bestimmt waren. Jede Familie wurde außerdem entsprechend ihrer Größe und ihren jeweiligen Bedürfnissen großzügig mit Brot, Fleisch, Kleidung und Geld versorgt. Und da Lady St. Aubyn und Miss Cecil, begleitet von Bayfield und Jane, es nicht verachteten, selbst die Cottages zu besuchen und nachzusehen, was für das Wohlbefinden ihrer Bewohner wirklich erforderlich war, wurde alles mit Intelligenz und Regelmäßigkeit geordnet und Aufdrängungen fast vollständig vermieden.

Mrs. Neville, die bereits erwähnte Witwe des armen Offiziers, war seit einiger Zeit als Leiterin der Industrieschulen und anderer nützlicher Einrichtungen tätig, die Lady St. Aubyn im Sommer gegründet hatte. Ihre älteste Tochter war in „das Land gegangen , aus dem kein Reisender zurückkehrt", aber die anderen, gesund und glücklich, wurden für die Positionen ausgebildet, die sie zu besetzen schienen. Mrs. Neville war auch sehr nützlich bei der Verteilung der Geschenke an die Armen und den Vorbereitungen für ihre Bewirtung.

Ein großes Feuerwerk beendete die vergnüglichen Abende, denn St. Aubyn war der Ansicht, dass dies die einzige Art von Unterhaltung sei, an der Menschen jeden Standes und Alters teilhaben könnten, und in diesem Fall wolle er nicht nur seinen Nachbarn einen Vorteil verschaffen, sondern ihnen auch eine Freude machen .

Zu den Gästen des Schlosses zählten auch Miss Alton und Mrs. Dawkins. Sie waren von dem jungen Erben so entzückt und von der Pracht und Eleganz des Mahls so entzückt, dass entgegen der üblichen Gepflogenheit weder Wehklagen noch zärtliche, mitfühlende Seufzer die Fröhlichkeit des Tages störten.

Bald nach diesem großen Fest machte sich die ganze Familie auf den Weg nach London. Lady St. Aubyn war mit einer anderen Leiterin ihrer Kinderstube als Mrs. Bayfield nicht zufrieden und bat darum, mit ihnen gehen zu dürfen und von dem anstrengenderen Posten, den sie bis dahin innehatte, ganz entbunden zu werden.

Jane, die nun Mrs. Williamson heißt und einige Zeit unter der Leitung von Mrs. Bayfield gestanden hatte, wurde in deren vakante Abteilung versetzt und eine andere, etwas elegantere Dame wurde als Begleiterin der Gräfin engagiert.

In London lernten sie das frisch verheiratete Paar und die schöne Schwester der Braut, Lady Delamore , kennen, deren außergewöhnliche Schönheit Ellens Bewunderung erregte, während ihre Ähnlichkeit mit der süßen, verstorbenen Julia unwillkürlich ihre Zuneigung erregte.

Mit solch sehr angenehmen Freunden und unter dem respektablen Schutz von Lady Juliana fand Lady St. Aubyn London ganz anders vor als im Jahr zuvor: Sie besaß jetzt auch ein größeres Maß an Selbstvertrauen und hatte nichts mehr zu befürchten, da die düsteren Andeutungen von St. Aubyn und ihre daraus folgende Furcht für immer erklärt und beseitigt waren. Sie fühlte sich heiterer und genoss die Vergnügungen, die ihr so reichlich zur Verfügung standen: Doch diese Stimmung wurde immer noch durch die zurückhaltendste Zartheit gemildert und diese Vergnügungen wurden mit Mäßigung und Anstand genossen. Ihr hoher Charakter war immer noch makellos und in der öffentlichen Meinung sogar hoch angesehen; und die

Pracht ihrer Schönheit, die jedermann erst jetzt zu ihrer vollen Vollkommenheit zu erreichen glaubte, zog nur *respektvolle* Bewunderer an.

Die St. Aubyns sahen Lord de Montfort häufig, der ein Haus in der Stadt gekauft hatte und ein sehr luxuriöses Leben führte, wenn auch noch immer unter der Leitung von Mr. O'Brien. Er zog es jedoch offensichtlich vor, mehr sein eigener Herr zu sein als in Spanien, wohin er gegenwärtig offenbar nicht zurückzukehren dachte. Das Testament seines Großvaters ließ ihm zwar die freie Wahl seines Wohnsitzes, er war jedoch gezwungen, Spanien mindestens einmal in zwei Jahren zu besuchen.

Lord St. Aubyn gegenüber war er höflich, wenn auch distanziert. Fremde konnten in seinem Benehmen nichts erkennen, das auf Abneigung oder Groll hindeutete. Doch diejenigen, die wussten, was vorgefallen war, konnten manchmal einen besonderen Blick in seinem Gesicht und einen bestimmten Tonfall im Gespräch mit dem Grafen erkennen, die zumindest eine *Erinnerung an frühere Feindseligkeiten erkennen ließen und für St.* Aubyn kaum zu ertragen waren.

Ellen gegenüber zeigte er stets eine so hingebungsvolle Aufmerksamkeit, und seine ausdrucksvollen Augen sprachen von so viel Bewunderung, dass einige der Zeugen zu glauben begannen, sie hätten den Grund für die Düsternis entdeckt, die ihn noch immer überschattete und die seit seiner Ankunft jedermanns Bemerkungen erregt und ihn zum Gegenstand fader Scherze und geistloser Spötteleien derer gemacht hatte, die sich keinen anderen Grund als *Liebe* für die Niedergeschlagenheit eines jungen Mannes vorstellen konnten, der die Tausende, die seine Rentenliste anschwellen ließen, kaum zählen konnte.

Liebe! Unglückselige Leidenschaft! Verdammt, eitel Verachtung zu ertragen,
dem eitlen Scherz des geschäftigen Spötters zu begegnen;
noch ihr Elend zu offenbaren,
noch das Leid auch nur halb zu unterdrücken .

Denn von der reinen, wenn auch enthusiastischen Zuneigung, die er für Ellen empfand, konnten sich solche Geister keine Vorstellung machen.

Eines Abends, als Lady St. Aubyn mit einer großen Gesellschaft, darunter Lady Meredith und mehrere Herren in ihrem Gefolge, ins Theater ging, sahen sie in der Loge gegenüber Lord de Montfort an der Seite lehnen, in seinem üblichen Zustand düsterer Apathie – seine Augen waren halb geschlossen, sein feines Haar zerzaust und sein ganzer Körper drückte eine Art Trostlosigkeit aus, die in Ellens sanftem Herzen Mitleid erweckte. Sie konnte ihn nicht ohne Mitleid sehen, er schien ein so vollkommen isoliertes

Wesen zu sein und selbst am Morgen des Lebens so völlig ohne jede freundliche Verbindung oder liebevollen Freund, der seine Melancholie hätte lindern können – jene Melancholie, deren ursprüngliche Ursache sie so gut kannte, dass sie, als sie zu ihm blickte, ein Seufzen nicht unterdrücken konnte und der Kummer, den sie wirklich fühlte, sich in seinem ausdrucksvollen Gesicht widerspiegelte.

Lady Meredith, die sie mit einer Bosheit beobachtet hatte, die Ellen ihr nicht zugetraut hätte, berührte Lady St. Aubyn nun sanft mit ihrem Fächer und sagte:

Mitleid mit dem liebeskranken De Montfort hätte ich mir fast gewünscht, er hätte diesen sanften Blick sehen und diesen zärtlichen Seufzer hören können. Ohne Zweifel hätte das viel dazu beigetragen, ihn zu einem erheiternderen Objekt zu machen, und ich bin sicher, wir hätten uns alle darüber gefreut, denn im Augenblick wirft er wirklich einen Schatten auf all unsere Vergnügungen."

„Ich verstehe Sie nicht", sagte Ellen überrascht .

„In der Tat!", antwortete Lady Meredith. „Ich hätte kaum gedacht, dass Sie es mit Ihrer Affektiertheit so weit treiben würden. Also, Hamilton", fügte sie lachend hinzu und wandte sich dem Herrn neben ihr zu, „Lady St. Aubyn kann sich nicht vorstellen, wie ihr Mitleid und ihr sehr freundlicher Blick irgendeine Wirkung auf Lord de Montfort haben sollten."

„Mitleid und ein sanfter Blick bei so viel Schönheit", erwiderte Sir James Hamilton mit gespielter Ernsthaftigkeit, „müssen sicherlich eine sehr starke Wirkung auf das Herz eines jeden Menschen haben – und sicherlich noch mehr auf das eines so hingebungsvollen Menschen wie das von De Montfort."

„Ich weiß nicht, Sir", sagte Ellen mit bescheidener Anmut, aber dennoch mit Temperament, „ob ich dies als Beispiel jener modischen Art von Witz betrachten soll, die Sie als Scherz oder Scherz bezeichnen. Sind das nicht die *eleganten* Ausdrücke unserer Zeit? Aber ich bin bereit, nicht mehr darüber nachzudenken, da ich davon überzeugt bin, dass Sie den Respekt, den Sie mir als verheiratete Frau schulden, nicht ernsthaft aus den Augen verlieren können, und zwar so weit, dass Sie sich vorstellen können, dass Lord de Montfort eine größere Zuneigung empfinden kann, als seine lange Verbindung mit Lord St. Aubyn erklären könnte, oder ich gebe zu, dass er eine größere Zuneigung empfinden kann."

Dann wandte sie sich an St. Aubyn und sagte in heiterem Ton:

„Helfen Sie mir, Mylord, Lady Meredith davon zu überzeugen, dass Lord de Montfort sich nicht wirklich heftig in mich verliebt hat. Inwieweit er solche Gefühle für sie hegt, kann ich nicht sagen."

St. Aubyn lachte und sagte:

„Um seiner selbst willen, Ellen, hoffe ich, dass er nicht so leichtsinnig war, sein Herz zu Ihren Gunsten zu verschenken ; obwohl es mich freuen würde zu hören, dass er sich eine beliebige Schöne ausgesucht hätte, um seine Leidenschaft zu belohnen."

Dieser gut getimte Appell an ihren Mann und die ungezwungene Art, in der beide gesprochen hatten, brachten diejenigen wirksam zum Schweigen, die gehofft hatten, aus der Verwirrung der schüchternen und zarten Ellen viel Heiterkeit zu ziehen.

Kurz darauf, als ihr Blick auf sie traf, schien De Montforts Blick vor Freude zu strahlen. Er verließ seine Loge und ging zu der, in der sie saß. Als St. Aubyn sah, dass Lady Meredith und einige ihrer heiteren Freundinnen noch immer ein Lächeln auf dem Gesicht hatten, wandte er sich zu ihm um und sagte:

„De Montfort, wie geht es Ihnen? Ich bin ganz froh, dass Sie uns gefunden haben, denn nichts ist dümmer, als ohne Gesellschaft im Theater zu sein. Wir haben jede Menge Platz: Gehen Sie und setzen Sie sich zwischen Lady Meredith und Lady St. Aubyn . Ich bin sicher, dass ich Sie glücklich machen werde, wenn ich Sie dort hinsetze, denn sie sind beide so beliebt : Wir haben uns gerade darüber gestritten, wen von beiden Sie bevorzugen."

„Sie haben mir eine große Ehre erwiesen ", antwortete Edmund, „indem Sie überhaupt von mir gesprochen haben."

„St. Aubyn macht nur Witze", sagte Ellen. „Wir haben, das versichere ich Ihnen, nicht über dieses Thema diskutiert."

„Nein, wirklich nicht", antwortete Lady Meredith lachend, „diese Frage lässt sich leicht klären: Wir waren uns alle einig, das versichere ich Ihnen, Mylord."

Edmund, dem der Ausdruck in ihrem Gesicht nicht gerade gefiel, wollte ihr etwas hitziger antworten und hätte wahrscheinlich mit der ritterlichen Tapferkeit, die seinen Charakter kennzeichnete, offen erklärt, was er zweifellos dachte, nämlich, dass Ellen die erste und bewundernswerteste aller Frauen war, wenn sie ihn nicht mit den Worten davon abgehalten hätte:

„Oh, ich bitte Lord De Montfort, lassen Sie Lady Meredith die Abwechslung genießen, die sie sucht: Sie war den ganzen Abend in neckischer Stimmung ."

„Bitte, Lady Meredith", sagte Lady Juliana mit ernster Miene, „machen wir Schluss mit diesem Gerede: Lady St. Aubyn ist nicht so elegant, dass sie die *Favoritin* eines anderen Mannes als ihres Mannes sein möchte ."

"Oh, um Himmels willen!", rief Lady Meredith, " machen wir keine ernste Angelegenheit daraus. Seien Sie versichert, meine liebe Lady St. Aubyn , ich hatte nicht die Absicht, Ihnen eine ernste Standpauke zu halten: obwohl ich wirklich", fügte sie leise hinzu, "hoffte, Sie würden ein bisschen wie andere Leute sein und sich nicht länger von diesem gestärkten Exemplar alter Jungfernschaft in Ehrfurcht versetzen lassen . Sie können sich nicht vorstellen, meine Liebe, wie sehr ein bisschen Flirten Ihre Schönheit verbessern würde: Dann verleiht es Ihnen einen Anschein von Leichtigkeit und Eleganz, und das ist, *unter uns* , das Einzige, was Sie brauchen, um ganz bezaubernd zu sein."

Ellen lächelte nur über dieses Gerede, machte dem aber mit ihrer wenig ermutigenden Miene bald ein Ende. Für eine Person mit weniger festen Grundsätzen wäre Lady Meredith jedoch eine gefährliche Gefährtin gewesen. Und es ist sicher, dass mehr Frauen durch das Hören auf derartige Anweisungen, die halb im Ernst, halb im Scherz gemeint sind und von einer Art *Persiflage begleitet werden* , der nur wenige widerstehen können, zugrunde gehen als durch die Listen der Männer. Eine tugendhafte Frau ist vor diesen auf der Hut. Einer Frau jedoch, die älter ist als sie selbst und von der sie glaubt, dass sie sich in der Welt besser auskennt, hört sie ohne Furcht zu, bis sie unmerklich dieselben Gefühle annimmt und jenen hasserfüllten, weltlichen Ton annimmt, der vorgibt, über alles Ernsthafte und Lobenswerte zu lachen.

Ellen jedoch ließ sich nicht so leicht täuschen : Ihre natürliche Scharfsinnigkeit durchschaute den Trugschluss, und alle Pfeile von Lady Merediths Spott gingen an ihr vorbei, ohne dass sie darauf Acht gab.

Auf dem Heimweg schimpfte Lady Juliana bitterlich über die koketten Manieren und die unbedachten Scherze von Lady Meredith. Anstatt sich mit zunehmendem Alter zu verbessern , werde sie ihrer Meinung nach von Jahr zu Jahr schlechter und reiche aus, um das Verhalten einer ganzen Nation von Frauen zu verderben.

„Bitte, mein Lieber", sagte sie, „lass dich nicht von ihrem Unsinn leiten: Ich hoffe, sie wird dich nicht überreden, ihrem Beispiel zu folgen. Tatsächlich, Neffe, ich wunderte mich über dich, dass du diesen seltsamen, wild aussehenden jungen De Montfort neben meine Nichte gesetzt hast: er gefällt mir überhaupt nicht."

Kurz gesagt, die alte Dame war so schlecht gelaunt , dass man sie gern bei sich zu Hause absetzte.

Zwei oder drei Tage später verabschiedete sich Lord de Montfort von den
St. Aubyns , bevor er London verließ, um mit einer Gruppe junger Männer
Oxford und Cambridge zu besichtigen und danach in die Lakes zu fahren.
Er hatte die Absicht, erst im September wieder in London zu sein. Er hatte
eine sehr hohe Meinung von Lady St. Aubyn , aber er betrachtete sie eher als
Engel denn als Frau und war ihr mit einer Reinheit der Zuneigung ergeben,
die für weltlich Gesinnte unvorstellbar ist.

KAPITEL VI.

Sie sieht noch einmal jene lieblichen Ebenen sich ausbreiten ,
wo die erste Blume ihre kindliche Hand lockte.
Nirgendwo, so glaubt sie, scheint die Sonne so mild ,
wie an den Ufern, wo sie zuerst ihre Strahlen trank:
So grün ist kein anderer Met, so lächelt kein anderes Land!
Du kleiner Ort, wo ich zuerst das Licht einsaugte ,
du Zeuge meines ersten Lächelns und meiner ersten Träne – geliebter Ort!

SOTHEBYS OBERON.

Aubyn in London geschah nichts Weiteres von Bedeutung, denn De Montforts Abreise und die vollkommene Zuneigung, die zwischen dem edlen Paar bestand, brachten jene Zungen zum Schweigen und stoppten jene Bemerkungen, die Lady St. Aubyn durch Edmunds allzu offensichtliche Bewunderung nur verärgern konnten .

Sie verließen London Anfang April und verbrachten den Monat Mai in St. Aubyn , da sie altmodisch und *geschmacklos* genug waren, um kein Vergnügen daran zu finden, die heißen Monate in der Metropole zu braten und die

„Offene Rasenflächen, tiefe Finsternisse und luftige Gipfel",

ihres eigenen Anwesens, das in der schönsten Jahreszeit unbewohnt bleibt.

Von St. Aubyn's Castle aus sollte die lang ersehnte Reise nach Wales beginnen. Ellen sehnte sich danach, die Orte ihrer Kindheit wieder zu besuchen und ihren Vater und ihre alten Freunde wiederzusehen, und St. Aubyn willigte bereitwillig ein, ihr diesen Wunsch zu erfüllen.

Das Kind sollte sie in Begleitung des treuen Bayfield und seiner Ammen auf die Reise begleiten. Sie warteten bis Ende Mai, da sie wussten, dass die schlechten Straßen in Nordwales zu einem früheren Zeitpunkt kaum passierbar wären.

Sie fuhren von St. Aubyn nach Shrewsbury und von dort nach Carnarvon. Wie bei ihrer letzten Reise machten sie unterwegs Halt, um alles Sehenswerte zu sehen. Da diese Route völlig anders war als die, die sie zuvor genommen hatten, boten sich ihnen viele neue Dinge. Neben anderen malerischen Szenen passierten sie die bewaldeten Ufer des Dee, von wo aus sie einen beeindruckenden Blick auf die schöne und romantische Stadt Llangollen mit ihrer Kirche und ihrer eleganten, von Bäumen umgebenen Brücke hatten.

In Llangollen machten sie Rast, und obwohl dieser Ort an sich nichts besonders Interessantes zu bieten hat, bietet seine Umgebung doch viele erhabene und angenehme Landschaften: Unter diesen ist das Vale of Crucis eine der lieblichsten abgeschiedenen Gegenden, die man sich vorstellen kann; es wird geschmückt durch die schönen Überreste der Valle Crucis Abbey und sein Hintergrund wird gebildet durch einen hohen Berg, auf dessen Gipfel die ehrwürdige Ruine der Burg Dinas Bran steht .

Nachdem sie an diesem reizenden Ort alles Sehenswerte gesehen hatten, fuhren sie durch eine schöne, romantische Landschaft nach Carnarvon und von dort nach Llanwyllan .

Der letzte Teil der Straßen war unerträglich schlecht, und die englischen Bediensteten, die so etwas noch nie gesehen hatten , mussten jeden Moment damit rechnen, dass ihnen das Genick gebrochen würde. Lord Mordaunts Ammen gingen tatsächlich mehrere Meilen zu Fuß, weil sie befürchteten, das Baby könnte verletzt werden. Und ehrlich gesagt war sogar Ellen, obwohl sie um sich selbst keine Angst hatte, wegen des Kindes ein wenig beunruhigt.

All diese Gefahren und Gefahren gingen jedoch schließlich glücklich vorüber, und Ellens Herz klopfte vor Entzücken , als sie die weißen Schornsteine der Llanwyllan Farm über den alten Eichen ringsum hervorlugen sah. Die Kutschen hielten vor dem Haus, und im Nu lag Ellen in den Armen ihres Vaters: Ihr schönes Gesicht schmiegte sich zärtlich an die raue Wange des guten alten Mannes, während die vermischten Tropfen kindlicher Liebe und elterlicher Zuneigung in Regenschauern aus ihren Augen fielen: Powis drückte seine reizende Tochter immer wieder an sein Herz und war entzückt, dass seine liebe Ellen ihn, obwohl „eine so großartige Dame, nicht vergessen hatte": Endlich hatte er Zeit, seinen edlen Schwiegersohn zu sehen und mit ihm zu sprechen, und die unbeholfene Miene der Ehrerbietung, die er an den Tag zu legen versuchte , verwandelte sich durch die freundliche Begrüßung, die Lord St. Aubyn ihm zuteil werden ließ, bald in eine der herzlicheren Zuneigung. In der Zwischenzeit betrat Ellen die Halle, wo die Kindermädchen und Bediensteten warteten, nahm Mrs. Bayfield das Baby ab, kehrte mit ihm ins Wohnzimmer zurück und legte es mit entzückten Blicken in die Arme ihres Vaters.

Oh, ein Augenblick erlesener Glückseligkeit! Ein Augenblick , der die Sorgen vieler Jahre hätte entschädigen können! Kann es auf dieser Welt einen Augenblick so reiner Wonne geben, wie ihn eine Tochter empfindet, wenn sie ihr Erstgeborenes an die Brust eines ehrwürdigen Vaters legt?

Manche Gefühle sind den Sterblichen
mit weniger Erde als Himmel gegeben; und wenn es eine menschliche
Träne

aus der Schlacke der Leidenschaft
gibt,
eine so klare und sanfte Träne,
dass sie nicht einmal die Wange eines Engels beflecken würde; es ist die
Träne , die fromme Väter
auf das Haupt einer pflichtbewussten Tochter vergießen.

SCOTTS „DIE DAME VOM SEE".

Mrs. Ross hatte ihr hauswirtschaftliches Talent bis zum Äußersten eingesetzt, um Llanwyllan Farm auf die bestmögliche Weise für die noblen Gäste vorzubereiten. Sie verstand zwar nicht ganz alle verschiedenen Vorkehrungen, die für den erträglichen Komfort einer solchen Familie absolut notwendig sind. Aber mit der Hilfe von Dame Grey, die sich daran erinnerte , wie es früher war, als sie bei Squire Davis lebte, und der bereitwilligen Hilfe der eifrigen Joanna übertraf alles Ellens Erwartungen bei weitem. Da sie weder bei ihren Kindermädchen noch bei ihrer eigenen Frau ein damenhaftes Auftreten förderte, störte sie auch kein lästiges Gemurmel, das Dienstboten oft die glückliche Kunst zu arrangieren wissen, wenn kein wirklicher Grund zur Klage besteht. Und sicherlich waren die Möbel für das Kinderzimmer nicht ganz so luxuriös, wie Lady Juliana sie für das im Schloss ausgewählt hatte. Die Kindermädchen stellten fest, dass der junge Lord genauso gut schlief und seine Wangen unter den sauberen weißen Baumwollbehängen dieses kleinen Sofas genauso frisch blühten wie unter der gesteppten Satinwiege in St. Aubyn .

Die ganze Gruppe wurde rasch vorbereitet , da genügend Platz und Proviant vorhanden waren.

Der Graf und die Gräfin hatten nicht mehr Bedienstete mitgebracht als unbedingt nötig. Und so sehr Bayfield auch von ihren noblen Arbeitgebern geachtet wurde, scheute sie sich nicht, die Tafel zu leiten oder andere häusliche Aufgaben zu übernehmen, bei denen sie nützlich sein konnte. Und obwohl Powis sie zunächst für eine weitaus bedeutendere Dame hielt, als er es gewohnt war, Umgang zu pflegen, war er durchaus geneigt, sie als seine Ebenbürtige zu behandeln. Durch ihr respektvolles Verhalten dem Vater ihrer Dame gegenüber überzeugte sie ihn jedoch bald davon, dass sie sich als ihm weit unterlegen betrachtete.

Sobald Ellen sich im Haus umgesehen und die Unterbringung ihres Kindes geregelt hatte, sehnte sie sich nach dem Wiedersehen mit ihren guten Freunden, den Rosses. Als sie erfuhr, dass ihr Vater ihr mitteilte, sie kämen erst am nächsten Tag, bat sie ihn, ihr den Arm zu reichen, und sie würde zu Fuß zum Pfarrhaus gehen. Alle Müdigkeit, sagte sie, sei von dem Moment an verschwunden gewesen, als sie sich unter dem Dach ihres Vaters befand.

„Komm, mein lieber Vater", sagte sie, „lass uns alle gehen. Das Baby kommt auch. Die lieben, guten Leute werden erfreut sein, uns zu sehen. Sie werden uns Tee geben und wir können hierher zurückkommen, um unser Obstessen zu essen. Du weißt, wir haben abends nie etwas anderes gegessen und ich hoffe, die Sahne ist so gut wie damals, als ich die Molkerei leitete."

Powis betrachtete das süße, natürliche Geschöpf mit Entzücken, das, wie er sich später gegenüber Mrs. Ross ausdrückte, „durch sein großes Vermögen keineswegs aufgebauscht war, sondern genauso war wie damals, als Ellen Powis noch klein war ."

Das Kind erwacht nun „aus seinem rosigen Nickerchen" und ist mit größter Sorgfalt gekleidet. Sein liebliches Gesicht wird von einer reichen Spitzenborte an seiner Mütze beschattet, und sein feines Batistgewand ist so geschnitten, dass seine schöne Brust und seine Grübchenarme zur Geltung kommen. Zusammen mit seiner schönen Mutter in einem schlichten weißen Kleid und einem Strohhut macht es sich in Begleitung von St. Aubyn und Powis auf den Weg zum Pfarrhaus.

Unterwegs sprach Ellen mit allen, die sie traf, in süßester Herablassung, und viele Dorfbewohner, die von ihrer Ankunft wussten, schafften es, ihr in den Weg zu laufen.

Mrs. Howel , die früher ihre vielen kleinen Dienste in der Marktstadt verrichtete, kreuzte nun zufällig ihren Weg und wollte, aus tiefstem Respekt , weitergehen, doch Ellen drehte sich um und lief ihr nach, indem sie sagte: „Entschuldigen Sie einen Augenblick, meine liebe St. Aubyn ."

„Wie geht es Ihnen, Mrs. Howel ?", sagte sie und streckte ihre Hand aus, die die gute Frau kaum zu berühren wagte, und machte ihr damit erneut eine höfliche Geste .

Ellen erkundigte sich freundlich nach allen Namen ihrer Familie. Und als sie sah, wie die Augen ihrer alten Nachbarin unwillkürlich zu dem Kind wanderten, als wünschte sie es sich sehnlichst, schämte sich aber, um einen näheren Blick auf es zu bitten, winkte sie der Amme, es zu ihr zu bringen, und sagte:

„Sehen Sie sich meinen kleinen Jungen an, Mrs. Howel : Ist er nicht ein feiner Kerl?"

„Ach, Madam", sagte die gute Frau, „er ist das schönste Baby, das ich je gesehen habe, mit Ausnahme Ihrer Ladyschaft im gleichen Alter. – Gott segne ihn, und Gott segne Sie, Madam; denn Sie verdienen jede Art von Glück."

„Danke, danke, mein guter Nachbar . Kommen Sie auf die Farm und besuchen Sie uns, wenn es Ihnen passt: Im Moment wartet mein Herr auf mich, also auf Wiedersehen." Und sie lief leichtfüßig weiter und ließ die Frau des Bauern bezaubert und entzückt von ihrer Süße und liebevollen Aufmerksamkeit zurück.

Bald erreichten sie das Pfarrhaus und wurden mit ungekünstelter Freude empfangen .

Groß war zunächst das Treiben der armen Mrs. Ross, die nicht auf eine solche Ehre hoffte und deshalb nicht gekleidet war , noch war ihr Salon , obwohl immer ordentlich, so aufgeräumt, wie es gewesen wäre, wenn sie sie erwartet hätte; aber sie war bald davon überzeugt, dass die Reihe von Entschuldigungen, die sie erwog, völlig unnötig waren, indem sie die warmherzige Ellen zuerst in ihren eigenen Armen fand, sie dann in die Arme von Joanna schlüpfen ließ und sich dann mit süßer kindlicher Ehrerbietung der gütigen elterlichen Umarmung der ehrwürdigen Ross beugte. St. Aubyn und der gute Powis standen in der Zwischenzeit da und betrachteten sie mit verzückter Ergriffenheit, und beide dachten, dass es nie ein so bezauberndes Geschöpf gegeben habe. Das Baby wurde bewundert, gestreichelt und schließlich zu einem Wunderkind an Schönheit und kindlicher Auffassungsgabe erklärt. Sein süßes, gutmütiges Lächeln wurde nicht einmal durch ein Stirnrunzeln unterbrochen, obwohl es mit einer Verzückung von einem zum anderen gereicht wurde, die ein Kind mit einem weniger liebenswürdigen Gemüt mürrisch und unruhig gemacht hätte.

"Nun, mein ausgezeichneter Freund", sagte St. Aubyn beiseite zu Ross, "Sie sehen Ihre reizende Schülerin wieder, von der Sie sich mit so viel Bedauern verabschiedet haben, und die, so hoffe ich, weder persönlich noch geistig durch ihren Umgang mit der großen Welt verletzt wurde. Oh, mein guter Herr, wie unendlich bin ich Ihnen zu Dank verpflichtet, dass Sie ihr Prinzipien in ihre jugendliche Brust eingepflanzt haben, die sich in vielen schwierigen Situationen bewährt haben. Sie und ich müssen uns viel unterhalten, und ich weiß, Sie werden entzückt sein zu hören, wie bewundernswert sie sich bei allen Gelegenheiten verhält."

"Ich *bin* entzückt", sagte Ross, während ihm eine Träne der Zuneigung ins Auge stieg, "entzückt von allem, was ich von beiden sehe und höre: in der Tat, mein Herr, dieses liebliche, ungekünstelte Geschöpf schmückt den Rang, in den Sie sie erhoben haben: Ihre Wahl zeugt von ebenso großer Ehre für Ihren Scharfsinn, wie sie Ihnen hoffentlich Glück für Ihr zukünftiges Leben sichern wird; und kein junger Mensch hätte die harte Prüfung einer plötzlichen Erhebung, dieser Bewunderung, die sie zweifellos umgab, besser überstehen können. Sehen Sie nun, wie süß sie zu uns zurückkehrt, ohne eine einzige hochtrabende Miene, einen einzigen Blick der Unzufriedenheit über die Minderwertigkeit der Unterbringung oder der Manieren, die sie sehen muss.

„So höflich sie auch ihr ganzes Leben lang vor Gericht gewesen war ,
so gut hatte sie die Gerichte doch noch nie gesehen."

„Das haben Sie in der Tat", sagte St. Aubyn , „sehr treffend charakterisiert;
aber Sie können nicht halb so viel von ihr halten, wie ich Grund dazu habe."

Mittlerweile war der Tee vorbei. Ellen wickelte ihren Jungen ein und schickte
ihn nach Hause. Doch statt mit ihm zurückzukehren, blieb sie den ganzen
Abend im Pfarrhaus und erfreute sich und alle um sie herum.

"Nun", sagte Mrs. Ross, nachdem ihre Besucher gegangen waren, "nun, ich
habe in meinem ganzen Leben noch nie etwas so Seltsames gesehen! Ich
dachte, ich hätte eine feine Dame gesehen, ganz in Seide und Juwelen
gekleidet und mit einem steifen und förmlichen Aussehen; und ich dachte,
ich hätte Mylady Gräfin und Euer Ladyschaft gesagt – und siehe da! Da
kommt sie in einem einfachen weißen Kleid, aber kaum besser als eines, für
das ich sie einmal gescholten habe – du erinnerst dich, Joanna? – Und fliegt
auf mich zu, küsst mich und nennt mich liebe Mama, wie sie es immer tat;
und wenn ich dafür gestorben wäre, könnte ich sie fast den ganzen Abend
lang nicht anders nennen als Ellen und Kind, außer ein oder zwei Mal, als ich
mich besann und Mylady sagte, als wir zusammen am Fenster standen, und
sie ihre lieben Arme um meinen Hals legte und sagte: Liebe Mama, ich bin
Ihre Ellen! – und dann ist sie eine solche Schönheit geworden! – sicher, sie
war immer ein so hübsches Geschöpf, wie man nur sein kann, dachte ich,
aber jetzt sieht sie irgendwie so vernünftig aus und so glücklich; und dann ist
ihr Benehmen so locker und doch so erhaben, dass ich, wenn ich nicht das
Gegenteil wüsste, glauben würde, sie sei als große Prinzessin geboren. – Und
dann das süße Baby – mit seinem kleinen lachenden Mund und den hübschen
Augen! – Und mein Herr, um so freundlich zu sein – dass ich ihm einmal so
gut wie gesagt habe, ich wünschte, er möge Llanwyllan verlassen : und das
habe ich tatsächlich gewünscht, denn hätte ich je gedacht, dass es Ellen zu
solcher Ehre und solchem Glück gereichen würde!"

Ross und Joanna hörten sich diese lange Ansprache lächelnd an, und obwohl
sie in ihrem Lob nicht ganz so gewandt waren, waren sie doch mindestens
ebenso entzückt und erfreut über sie.

St. Aubyn und seine Ellen blieben einige Zeit lang in Llanwyllan so beliebt
und glücklich . Während dieser Zeit besuchte Ellen mit größter
Freundlichkeit jeden Bauernhof, dessen Bewohner sie früher gekannt hatte,
und erfreute jedes ärmliche Häuschen nicht nur mit ihrem Lächeln, sondern
auch mit deutlicheren Zeichen ihrer Gunst und Güte.

Im Laufe der ersten vierzehn Tage erfuhr Ellen, dass zwischen ihrer
Freundin Joanna und einem jungen Geistlichen eine gegenseitige Zuneigung
bestand. Dieser war für eine Pfarrei zuständig, die keine drei Meilen von der

Pfarrei des ehrenwerten Ross entfernt war. Als sie von dem guten Mann erfuhr, dass er nichts gegen die Verbindung einzuwenden hätte, da Mr. Griffiths ein Mann von ausgezeichnetem Charakter sei und sowohl vom Alter als auch vom Temperament her gut zu Joanna passe. Der einzige mögliche Einwand sei sein geringes Einkommen und da es auf der Pfründe, der er diente, kein Pfarrhaus und im Umkreis vieler Meilen auch kein Haus gebe, wo sie wohnen könnten, beriet sie sich mit ihrem Herrn und sagte bei der nächsten Gelegenheit zu Ross:

„Mein lieber Herr, ich möchte Ihnen einen Vorschlag machen. Es ist die gemeinsame Bitte meines Herrn und mir, und Sie können sich nicht vorstellen, was für einen großen Gefallen Sie uns tun würden, wenn Sie ihm nachkommen.“

„Ich weiß nicht“, sagte Ross, „was ich einem von Ihnen abschlagen könnte.“

„Mein Vater“, sagte sie, „klagt viel über die Einsamkeit seiner Winterabende; dennoch möchte er nicht von Llanwyllan wegziehen und in unserer Nähe leben, wie wir es uns so sehr gewünscht hätten; aber er sagt, unsere Lebensweise sei so anders als die, an die er gewöhnt ist, und die Reise scheine ihm, der noch nie fünfzig Meilen von zu Hause weg war, so erschreckend lang, dass er sich mit der Hoffnung zufrieden geben müsse, uns hier manchmal zu sehen, und sein Leben dort beenden müsse, wo er es begonnen habe. Aber ach, mein lieber Herr, sein Wunsch ist ebenso wie der unsere , dass Sie und Mrs. Ross nach Llanwyllan Farm ziehen und dieses Haus Joanna und Ihrem zukünftigen Schwiegersohn überlassen. Wir alle denken, Sie sind jetzt zu weit fortgeschritten im Leben, um drei Kirchen zu dienen, wie Sie es viele Jahre lang getan haben: Geben Sie zwei davon an Mr. Griffiths ab, mit dem damit verbundenen Gehalt: und sicher, sicher, mein liebster Herr, werden Sie Ellen, Ihrer kleinen Schülerin, nicht eine kleine Ein Zeichen ihrer Liebe, um Ihr Leben und das der lieben Mrs. Ross angenehmer zu machen und es Ihnen zu ermöglichen, Joanna ihrem Liebhaber so zu übergeben, dass es ihnen beiden leicht fällt .“

Sie stand auf, drückte ihm eine Brieftasche in die Hand und sagte: „Kein einziges Wort, ich will kein einziges Wort hören. Ausnahmsweise wird Ihre Ellen stur sein und nicht einmal auf *Sie hören* .“

Sie rannte aus dem Zimmer, suchte Joanna auf, zwang sie, ihren Hut aufzusetzen und mit ihr zum Abendessen auf die Farm zu kommen. Bei Mrs. Ross hinterließ sie eine heitere Nachricht, dass sie am nächsten Tag auf eine positive Antwort auf ihre Bitte hoffen solle.

Dieser Hinweis genügte, damit die gute Dame Ross wissen ließ, was Lady St. Aubyn meinte: Sie fand ihn überwältigt von zärtlicher Dankbarkeit. Das

Notizbuch enthielt eine Menge Notizen, darunter einen Zettel mit den folgenden Worten:

Mein lieber Herr,

Ich habe das Beigefügte eher Ihren sehr begrenzten Wünschen angepasst als meinem eigenen Gefühl dessen, was ich hätte tun sollen . Bitte lassen Sie diese kleine Transaktion nie wieder erwähnen, es sei denn, Ihnen fällt ein Plan ein, der Ihnen besser gefällt als der, den ich Ihnen vorschlagen werde, wenn ich Ihnen dies übergebe. Wenn Ihnen meine Bitte irgendwie unangenehm ist , lehnen Sie sie bitte ohne Zögern ab.

Ihr seid immer verpflichtet

ELLEN ST. AUBYN .

Ross erklärte seiner Frau nun, was geschehen war, und sie stimmten beide darin überein, dass es keinen Plan geben könnte, der für alle Beteiligten wünschenswerter wäre. Außerdem wäre es unhöflich und undankbar, ein Geschenk abzulehnen, von dem sie sich jedoch aufrichtig wünschten, es wäre weniger wertvoll.

Zur großen Freude von Powis , der von der Vorstellung seiner freundlichen Mitbewohner entzückt war, war bald alles geregelt . Auch die jungen Liebenden waren voller dankbarer Freude, und Ellen gab den Gedanken auf, den sie einst gehegt hatte, Joanna mit nach Hause zu nehmen: Ross war dagegen, da er nicht wollte, dass sie in Lebenswelten eingeführt wurde, die so anders waren als die, an die sie gewöhnt war oder je wieder gewöhnt sein würde; und Griffiths gefiel die Vorstellung nicht, dass sie so weit weg reiste: Ja, Joanna selbst schien, so sehr sie sich auch gewünscht hatte, St. Aubyn Castle zu sehen, nun durchaus damit zufrieden, für immer im Tal von Llanwyllan zu bleiben .

KAPITEL VII.

Es scheint, als würde der Himmel stinkendes Pech herabgießen ,
wenn nicht das Meer, das bis an die Wange des Himmels reicht,
das Feuer auslöschen würde. O, ich habe mit denen gelitten
, die ich leiden sah! Ein tapferes Schiff ,
das zweifellos einige edle Geschöpfe an Bord hatte, wurde in Stücke
gerissen . Oh! Der Schrei traf
mich bis ins Innerste! – Die armen Seelen, sie sind umgekommen !

St. Aubyn hatte Ross den Ausgang dieser Umstände geschildert, die er ihm vor seiner Heirat mit Ellen anvertraut hatte, und obwohl sich der ehrwürdige Mann darüber freute, dass Edmunds rachsüchtige Absichten so glücklich besiegt worden waren, waren weder er noch der Graf in dieser Angelegenheit völlig zufrieden.

Lord De Montfort war zweifelsohne ein exzentrischer Charakter, und es war möglich, dass seine ungestümen Gefühle noch eine andere Richtung einschlagen würden, besonders wenn die bigotten Katholiken, von denen er im Allgemeinen umgeben war, irgendeine Andeutung jener offensichtlichen Tatsachen erhalten würden, die so sehr gegen den Charakter von St. Aubyn sprachen und denen nur sein eigenes Wort widersprach. Und dass ihnen dies geschah, war keineswegs unwahrscheinlich, wenn man sich an seine gelegentlichen nächtlichen Wanderungen erinnerte, bei denen er, wie er es bei Ellen getan hatte, später jemand anderem offenbaren könnte, was sie dazu bewegen würde, auf einer Erklärung zu bestehen.

Ellen hatte ihn zwar mit einer solchen Bewunderung und Zärtlichkeit berührt, dass er ihrem Einfluss nicht widerstehen konnte, aber da er nun keine Chance mehr hatte, sie wiederzusehen, war nicht abzusehen, welche neue Wendung seine leidenschaftliche Fantasie nehmen würde.

All diese Ideen, die St. Aubyn sorgfältig vor seiner Frau verborgen hatte, teilte er seinem ehrwürdigen Freund mit, der ihre Vernunft nicht leugnen konnte. Die Wünsche beider konzentrierten sich auf einen Punkt, und das war die Entdeckung von De Sylva; und nichts konnte unwahrscheinlicher sein, als dass er jetzt gefunden werden sollte, nach Jahren, in denen die Agenten von St. Aubyn und des Marquis von Northington vergeblich nach ihm gesucht hatten, obwohl ihre Suche sich auf jede große Stadt in Spanien, Portugal, Frankreich, Italien und England ausgedehnt hatte: Es war in der Tat höchstwahrscheinlich, dass er entweder tot war oder sein Aussehen und seinen Namen so völlig verändert hatte, dass er unauffällig lebte, vielleicht an einem der Orte, an denen sie vergeblich versucht hatten , ihn zu finden.

Über diese Wünsche und Überlegungen sprachen sie nie, außer wenn keine anderen Zeugen anwesend waren, denn sie waren beide nicht bereit, Lady St. Aubyn ihre Sorgen mitzuteilen , die glücklich war über ihre wohlwollenden Pläne, über die Gesellschaft ihres Vaters und ihrer frühen Freunde, über die zunehmende Schönheit und Gesundheit ihres reizenden Jungen und über St. Aubyns unerschütterliche und wachsende Liebe , und so schien sie keine Sorgen mehr zu haben.

Etwa zu dieser Zeit erhielt sein Vater Briefe von Charles Ross, in denen er seine Freude über seine gegenwärtige Lage zum Ausdruck brachte und Lord St. Aubyn gegenüber seinen Dank aussprach, der sie ihm verschafft hatte. Außerdem fügte er hinzu, er hoffe, noch einige Monate auf seiner gegenwärtigen Stellung bleiben zu können, da sie ständig Prisen einheimsen und sein Anteil bereits eine beträchtliche Geldsumme darstelle.

Weder der Graf noch die Gräfin erwähnten seinen Eltern noch seiner Schwester gegenüber seinen verrückten Fehler ihnen gegenüber während seines Aufenthalts in London, noch die schädlichen Folgen, die sich daraus ergaben, da sie ihnen durch die Kenntnis dieser unangenehmen Vorgänge keinen Kummer bereiten wollten.

Llanwyllan lag nicht mehr als eine Meile vom Meeresufer entfernt, und Ellen und Joanna gingen oft zu Fuß dorthin, begleitet von den Ammen und dem Kind. Lady St. Aubyn glaubte , dass die leichte Brise sie und den kleinen Constantine belebte und stärkte. Auch die Verwöhnung, die ihr ihre unerwartete Stellung verschafft hatte, machte sie nicht unfähig für lange Landwanderungen oder weniger erfreut, die Orte ihrer Kindheit zu erkunden. Oft wurden sie von St. Aubyn und Mr. Griffiths, einem vernünftigen, intelligenten jungen Mann mit der Bildung und den Manieren eines Gentlemans , begleitet. Aber an dieser wenig besuchten Küste gab es nichts zu befürchten, denn obwohl Schiffe oft in einiger Entfernung vorbeifuhren, gab es nicht einmal ein Fischerdorf im Umkreis von drei Meilen ihres üblichen Spaziergangs.

Etwa Mitte Juli wurde das Wetter drei oder vier Tage lang so extrem heiß, dass jede körperliche Betätigung außer am späten Abend unmöglich schien. Auf diese ungewöhnliche Wärme folgte ein gewaltiges Gewitter mit Blitz und Donner. Obwohl das Wetter im Laufe des Tages etwas aufklarte, endete der Abend mit einer Wiederaufnahme des stürmischen Wetters, begleitet von heftigen Winden.

Obwohl das Wetter erträglich war, waren die Rosses zu Fuß zur Farm gegangen, um dort den Rest des Tages zu verbringen. Dort waren sie auch, als der Sturm mit noch größeren Schrecken erneut losbrach. Und tatsächlich war niemand aus der Gruppe völlig beunruhigt, dass die Gewalt des Windes dem alten Herrenhaus Schaden zufügen könnte.

Einer der Männer, die am Morgen mit einem Auftrag nach Carnarvon geschickt worden waren und deren Weg in der Nähe des Meeres lag, kehrte gegen neun Uhr zurück. Donner und Blitz hatten inzwischen nachgelassen, aber der heftige Wind hielt an, begleitet von heftigen Regengüssen und extremer Dunkelheit. Dieser Mann sagte, er habe ein großes Schiff in Küstennähe gesehen, das offensichtlich in großer Gefahr war, da der Strand, auf dem es fuhr, felsig und unzugänglich war, die Flut aufkam und der Wind vom Meer her wehte, der, wie er sagte, rauer war, als er ihn noch nie erlebt hatte, und das Schiff kämpfte so sehr, dass er befürchtete, es müsse verloren gehen.

Diese Geschichte sprach sich bald von der Dienerschaft bis ins Wohnzimmer herum : Die Wangen der Frauen wurden vor Schreck bleich, und Mrs. Ross faltete die Hände und rief:

„Gott schütze meinen armen Charles!"

„Er ist weit genug von hier weg, meine Liebe", sagte der gute Ross, „und aller Wahrscheinlichkeit nach völlig außerhalb der Reichweite dieses schrecklichen Wetters."

„Vielleicht", sagte Mrs. Ross, „aber ich höre nie den Wind wehen, ohne an ihn zu denken, und das Leben eines Seemanns ist so unsicher, dass man nie weiß, wo er ist oder was auf ihn zukommt."

Während sie sprach, hörten sie deutlich das Geräusch eines auf See abgefeuerten Schusses.

„Hören Sie!", sagte St. Aubyn , „das ist ein Signalgewehr! Und noch eines ! Das sind Notgewehre. Können wir denn nichts für diese armen Geschöpfe tun?"

„Oh! Versuchen Sie es , bitte, versuchen Sie es", sagte Ellen. „Aber ohne sich dabei einer Gefahr auszusetzen, ist es, fürchte ich, unmöglich."

"Es besteht für uns keine Gefahr, wenn wir zum Ufer hinuntergehen", sagte St. Aubyn . "Sie und ich, mein junger Freund" (zu Griffiths gesprochen) "werden zusammen mit den Dienern und aller Hilfe, die wir im Dorf auftreiben können, dorthin eilen. Wir können zumindest ein paar Feuer am Strand anzünden oder Signale irgendeiner Art geben, die von Nutzen sein könnten. Sie, mein lieber Herr" (zu Powis gesprochen) "und Mr. Ross werden bleiben und die Ängste der Damen lindern."

„Oh, aber“, sagte Ellen, „setzen Sie sich nicht zu sehr der Witterung aus: das Wetter ist furchtbar.“

„Wir werden auf uns selbst aufpassen, meine Liebe, verlassen Sie sich darauf: Es gibt genügend Mäntel in der Halle; wir werden uns warm einpacken, und wenn wir ein Leben retten, wird unsere Mühe reichlich belohnt.“

„Gott segne Sie für Ihre Güte“, sagte Mrs. Ross, „und möge Ihr Vorhaben gedeihen! Oh! Diese armen Seeleute haben vielleicht Mütter und Schwestern, die für sie beten, so wie wir es für den armen Charles tun.“ Sie weinte und Joanna und Ellen konnten ihre Tränen nicht zurückhalten.

Die Herren brachen nun in Begleitung sämtlicher männlichen Bediensteter von St. Aubyn und mehrerer kräftiger Arbeiter der Farm mit Laternen und so vielen Fackeln auf, wie sie in aller Eile bereitlegen konnten. Ihre Zahl wurde beträchtlich durch viele Dorfbewohner verstärkt, die sich trotz der von St. Aubyn angebotenen Belohnungen aus Menschlichkeit und Neugier zur Hilfe veranlasst fühlten.

Sie erreichten bald das Ufer, gegen das eine Flut heftig schlug; und durch die Blitze, die zwar schwächer und seltener wurden, aber dennoch in Abständen die völlige Dunkelheit der Nacht durchbrachen, erkannten sie bald ein Schiff von beträchtlicher Größe, das sich jetzt sehr nahe am Ufer befand; seine Segel waren in Stücke gerissen, und kaum ein Mast stand noch, es trieb auf sie zu und feuerte winzige Kanonen als Notsignale ab. Sie alle sahen, dass es absolut unmöglich war, zu verhindern, dass es an dieser felsigen und unpassierbaren Küste strandete , und deshalb wurden einige der Männer ins Dorf geschickt, um Seile und andere Gegenstände zu holen, die zur Rettung des Lebens der Besatzung verwendet werden könnten. In der Zwischenzeit sammelten die am Ufer Verbliebenen allen Müll ein, den sie finden konnten, und entzündeten zwei oder drei große Feuer. Als der Wind etwas nachließ, riefen sie, um die Seeleute anzufeuern, worauf eine Minute später ein Ruf der Männer an Bord antwortete.

Weniger als eine Stunde nach ihrer Ankunft wurde das Schiff auf einen Felsvorsprung getrieben , fast am Fuße der Klippe, auf der St. Aubyn und seine Gruppe standen. Sie sahen, wie sich ein Teil der Besatzung in zwei kleine Boote drängte und andere auf Holzstücken oder was auch immer sie finden konnten, an Land kamen. In Abständen tauchten sie auf oder verschwanden, je nachdem, wie stark die Wellen waren. Schließlich wurden jedoch eine beträchtliche Zahl von ihnen, mehr tot als lebendig, an Land geworfen.

Einige der Männer, ermutigt durch die großzügigen Versprechungen von St. Aubyn , wateten so weit wie möglich ins Meer hinein und halfen einigen

Besatzungsmitgliedern mit Seilen und anderen Hilfsmitteln, so dass schließlich mehr als fünfzig Männer gerettet werden konnten .

Die Dankbarkeit dieser armen Geschöpfe, ihre gemischten Freudenschreie über ihre Rettung und ihr Entsetzen angesichts der Gefahr zu beschreiben, wäre ein vergeblicher Versuch. Einige von ihnen schienen Ausländer zu sein, und zwei oder drei trugen die Kleidung von Türken. In der Dunkelheit und Verwirrung, die herrschte, war es jedoch kaum möglich, eine Person von der anderen zu unterscheiden. Mehrere der englischen Matrosen (denn das Schiff war offensichtlich englisch gewesen und die Ausländer waren offenbar Kriegsgefangene) waren eifrig damit beschäftigt, einem Mann zu helfen , der fast ohne Lebenszeichen an Land gekommen war und um den sie sich sehr bemüht zu haben schienen.

St. Aubyn hatten Branntwein und andere Stärkungsmittel an die Küste gebracht, und nachdem er ihnen die Erfrischung gegeben hatte, die sie brauchten, übergab er nun alle, die laufen konnten, Griffiths' Obhut und bat ihn, sie nicht auf die Farm zu bringen, da er fürchtete, der Anblick könnte die weiblichen Bewohner zu sehr beunruhigen, sondern sie so gut wie möglich in den Hütten oder Scheunen der Farmen unterzubringen ; denn in den Behausungen aller hatte er durch seine Großzügigkeit und Freundlichkeit jedem, den er zu schicken beschloss, einen willkommenen Empfang verschafft; er bat auch Griffiths, sich einfach auf der Farm zu zeigen, zu sagen, dass sie in Sicherheit seien, und dann wieder zurückzukehren. Einige seiner Leute schickte er los, um Karren mit Decken usw. zu holen, um die Männer, die nicht laufen konnten, ins Dorf zu bringen.

Der Sturm hatte sich zu diesem Zeitpunkt fast gelegt und der späte Mond begann sich durch die schwarzen Wolken zu kämpfen, die noch immer am Horizont hingen. Von Zeit zu Zeit wurden Teile des unglückseligen Schiffes mit Seemannskisten und anderen Gegenständen an Land geworfen. Auch einige Leichen kamen an Land und St. Aubyn stellte fest, dass zwar mindestens fünfzig Menschen gerettet werden konnten, aber leider mehrere Menschenleben verloren gegangen waren.

St. Aubyn sah nun, dass der junge Mann, um den sich die Matrosen so eifrig gekümmert hatten und den sie Kapitän nannten, langsam wieder zu sich kam und näherte sich, um ihm einige tröstende und freundliche Worte zu sagen. Einer der Matrosen reichte ihm ein Glas Wein, während ein anderer eine Laterne ganz nah an ihn hielt; denn das schwache Mondlicht reichte kaum aus, um Gegenstände zu unterscheiden. Doch was für eine Überraschung , was für stürmische Gefühle St. Aubyn erlebte, als er, als das Licht voll auf den schiffbrüchigen, halb verlöschenden Gegenstand vor ihm fiel, die Züge von Charles Ross vor sich sah! – von ihm, für den seine Mutter noch zwei Stunden zuvor so viele zärtliche Ängste geäußert und so viele inbrünstige

Gebete gesprochen hatte, obwohl sie nicht einmal ahnen konnte, dass er die tatsächliche Gefahr teilte, die sie alle aufwühlte.

St. Aubyn erschrak, doch mit aller Vorsicht, damit der Unglückliche nicht von der Überraschung überwältigt würde, flüsterte er seinen Dienern zu, sie sollten weder seinen Namen noch den Ort nennen, an dem sie sich befanden. Dann kam er noch näher, ergriff Charles' kalte Hand, zog ihm seinen eigenen Hut übers Gesicht und bat ihn, sich zu trösten, denn alles würde noch gut werden.

Der arme junge Mann war zu matt, um mehr zu tun, als mit den Augen seinen Redner zu mustern. Mit schwacher Stimme sprach er ein paar Worte, um seinen Dank auszudrücken, und murmelte dann schwach die Frage, an welche Küste man ihn und seine Freunde geworfen hatte.

„Versichern Sie sich, dass Sie sich an keinem unfreundlichen, ungastlichen Ufer befinden", antwortete St. Aubyn . „Was auch immer das Meer verschont, wird für Sie und Ihre Gefolgsleute sorgfältig geschützt. Viele Kisten wurden an Land geworfen; und wenn das Wetter ruhig wird und der Morgen anbricht, werden die Boote Ihres Schiffes zum Wrack fahren und wenn möglich alle Wertgegenstände gerettet."

„Ich befinde mich also auf englischem Boden?"

"An der Küste von Wales."

„Von Wales! Oh, Himmel! – Welcher Teil von Wales?"

„Seien Sie nicht ungeduldig: Sie werden alles rechtzeitig erfahren."

„Diese Stimme", sagte Charles, „diese Stimme habe ich bestimmt schon einmal gehört."

„Ich bin viel gereist ", antwortete St. Aubyn . „Vielleicht haben wir uns schon einmal woanders getroffen."

Charles stellte noch ein paar Fragen, die St. Aubyn vorsichtig beantwortete. Inzwischen war ein Karren aus dem Dorf eingetroffen. Charles und zwei oder drei andere wurden darin verstaut, eskortiert von Griffiths, dem der Earl von der jüngsten interessanten Entdeckung berichtete und ihn bat, darauf zu achten, dass Charles nicht zu plötzlich überrascht sei, wenn er erfahre, wo er sich befinde.

Griffiths sorgte dafür, dass er sicher am besten Ort untergebracht wurde, der für ihn gefunden werden konnte. Sie ließ St. Aubyns Diener bei ihm Wache halten und darauf achten, dass bis zu seiner Rückkehr niemand mit ihm sprach, und eilte mit Lord St. Aubyn zu Powis , wo sie feststellten, dass die ganze Familie die ganze Nacht aufgeblieben war und in unbeschreiblicher Angst war. Als Ellen St. Aubyn klatschnass sah, seinen Hut und seinen

Mantel schwer vom Regen und der Gischt des Meeres, machte sie ihm zärtliche Vorwürfe für diese Blöße, während Joannas Blicke Griffiths dieselbe Predigt hielten. Doch beide waren so erfreut über das Gute, das ihre Anstrengungen bewirkt hatten, dass man dem Tadel kaum Beachtung schenkte. Dank trockener Kleidung machten sie bald einen angenehmeren Eindruck. und nachdem so viele lebensnotwendige Dinge wie möglich an die armen Seeleute und vor allem an Charles verschickt worden waren (obwohl seine Nähe vor seinen Eltern und Freunden streng geheim gehalten wurde), zog sich die ganze Gruppe zur Ruhe zurück, was aufgrund der Strapazen der Nacht für alle äußerst notwendig war.

KAPITEL VIII.

Das Bild eines bösen, abscheulichen Fehlers
lebt in seinen Augen: Dieser Anblick seiner Augen
zeigt die Stimmung eines schwer gequälten Herzens!

König Johann.

St. Aubyn wollte Ellens Ruhe in dieser Nacht oder vielmehr an diesem Morgen nicht stören, denn die Sonne war aufgegangen, bevor sie sich zurückzogen, indem er die Entdeckung von Charles unter den Schiffbrüchigen erwähnte. Doch seine eigene Sorge, wie er Ross und seiner Frau die Sache am besten beibringen sollte, erlaubte ihm trotz der Erschöpfung, die er durchgemacht hatte, nicht, lange zu schlafen.

Sobald er angezogen war , ging er zu der Hütte, in der Charles untergebracht war, und fand ihn sehr erholt vor. Er war während des Sturms, der auf See länger gedauert hatte als an Land, sehr erschöpft gewesen. Er hatte mit unaufhörlicher Aktivität daran gearbeitet , das Schiff zu retten, dessen Kommandant er war, obwohl er nicht den Rang eines Kapitäns hatte, und hatte es nicht verlassen, bis alle Hoffnung auf eine Flucht verloren war. Er war auch ziemlich verletzt, denn er wollte nicht in die Boote einsteigen, sondern war auf einem Stück Holz an Land getrieben. Die Ruhe hatte ihm jedoch bis zu einem gewissen Grad wieder zu Kräften gebracht, und obwohl er noch immer matt war, hoffte er, im Laufe des Tages aufstehen zu können und zu sehen, was getan werden konnte, um sein Eigentum und das seiner Schiffskameraden zu retten.

All dies erfuhr St. Aubyn von seinem Diener, der neben dem jungen Mann saß und jeden davon abhielt, sich zu nähern, der ihm zu plötzlich hätte mitteilen können, dass seine Eltern so nahe waren .

St. Aubyn hielt es jedoch nun für angebracht, dass diese Information ihn erreichte: Er ging daher in das kleine Zimmer, in dem Charles lag – es war so dunkel wie möglich; und St. Aubyn setzte sich unerkannt an sein Bett . Er erkundigte sich mit großer Freundlichkeit nach dem Befinden des Kranken, woraufhin Charles antwortete, es gehe ihm besser: „Aber sicher", fügte er hinzu, „habe ich diese Stimme schon einmal gehört: selbst inmitten der Schrecken der letzten Nacht, als sie sich so großzügig bemühte, mich zu trösten und andere zum Trost meiner armen Schiffskameraden zu befehlen, kam sie mir wie eine Stimme vor, die sich tief in mein Gedächtnis eingebrannt hat, obwohl ich mich nicht an den Namen ihres Besitzers erinnern kann."

„Es ist eine Stimme“, sagte St. Aubyn , „die Sie sicherlich schon einmal gehört haben: Ich erkenne auch Ihre und kenne Ihren Namen – sie ist Ross.“

„Das ist es tatsächlich“, sagte Charles. „Bitte, erzählen Sie mir Ihres , denn es ist eine Erheiterung zu wissen, dass ich nicht ganz unter Fremden bin.“

„Sie werden davon überzeugt sein, dass dies nicht der Fall ist, wenn ich Ihnen sage, dass mein Name St. Aubyn ist .“

„St. Aubyn ? *Lord* St. Aubyn ?“

"Das gleiche."

„Oh, wie viel schulde ich Ihnen!“, rief Charles aus. „Ich erröte, wenn ich an meine frühere Undankbarkeit und Torheit denke.“

„Sprich nicht mehr davon – es ist völlig vergessen.“

„Ach, Mylord, wie gütig Sie sind. Aber haben Sie nicht gestern Abend gesagt, wir seien an der Küste von Wales? Sagen Sie mir, ich flehe Sie an, an welchem Teil dieser Küste. Ich fange an zu hoffen, da ich Lady St. Aubyns früheren Wohnsitz kenne .“

Er hielt atemlos inne, mit widersprüchlichen Gefühlen.

„Lady St. Aubyn und ich“, antwortete St. Aubyn ruhig, „besuchen hier in der Gegend einige *Freunde* . Der Sturm von letzter Nacht und die Nachricht, dass ein Schiff in Seenot sei, veranlassten mich, meine Diener und einige andere mitzunehmen, um zu sehen, ob wir den unglücklichen Seeleuten irgendwie helfen könnten. Eine unserer Freundinnen segnete mich und betete, dass mein Vorhaben gelingen möge. Ihre Gebete wurden erhört: Es waren die inbrünstigen Bitten einer *Mutter* für ihren *Sohn* , obwohl sie damals weder wusste noch glauben konnte, dass er in die Gefahr verwickelt war.“

„Ach, Himmel!“ rief Charles, „es war *meine* Mutter! Sprechen Sie, Mylord, sprechen Sie! Sind wir nicht in oder in der Nähe von Llanwyllan ?“

„Seien Sie ruhig, ich werde es Ihnen sagen.“

„Ich bin gefasst und kann alles hören.“

„Sie sind in Llanwyllan . Ihr Vater, Ihre Mutter und Joanna mussten wegen des Sturms der letzten Nacht bei Powis bleiben . Dort ließ ich sie in Frieden schlafen, ohne zu wissen oder zu ahnen, dass ihr Sohn und Bruder so nahe waren.“

Tränen liefen über Charles‘ Wangen und sein Herz schwoll vor Dankbarkeit gegenüber seinem irdischen und himmlischen Retter an.

Nach einigen Minuten – denn St. Aubyn war froh, dass seine Gefühle eine so erwünschte Erleichterung fanden und wollte ihn nicht unterbrechen –

ergriff er die Hand, die der Graf ihm gereicht hatte, und wollte etwas sagen, das seine Dankbarkeit ausdrückte, doch St. Aubyn hielt ihn davon ab, indem er sagte:

"Kein Wort darüber, Mr. Ross. Mein Impuls war reine Menschlichkeit, und ich freue mich aufrichtig, dass er mich dazu gebracht hat, das Leben von Freunden zu retten, die ich und Lady St. Aubyn sehr verehren . Seien Sie beruhigt. Ich hoffe, dass Sie im Laufe des Tages in der Lage sein werden, unter das Dach Ihres Vaters gebracht zu werden. In der Zwischenzeit werde ich ihn und Ihre Mutter und Schwester auf ein so gefühlvolles Treffen vorbereiten. Außerdem gibt es in Llanwyllan noch einen anderen Freund , der sich freuen wird, Sie zu sehen. Ihre ehemalige Spielkameradin und Jugendgefährtin Ellen wird sich über Ihre Rettung freuen. Seien Sie beruhigt. Alles wird gut gehen, und ich vertraue darauf, dass sogar Ihr Eigentum in Sicherheit ist, denn die Boote sind bereits zum Wrack gefahren, und ich habe zuverlässige Personen geschickt, um dafür zu sorgen, dass alles, was gerettet wird, vor Plünderungen geschützt wird."

„Sie sind zu gut, Mylord, zu gut!", sagte Charles völlig überwältigt.

„Ich muss Sie jetzt verlassen", sagte St. Aubyn . „Unsere gemeinsamen Freunde erwarten mich, und es steht mir eine schwierige Aufgabe bevor, denn ich fürchte die Wirkung, die die Enthüllung, die ich Ihnen jetzt machen muss, auf Ihre Eltern haben wird."

Er verabschiedete sich und wies an, dem Kranken jede erdenkliche Fürsorge zukommen zu lassen.

St. Aubyn wartete bis nach dem Frühstück, um Ross und seiner Frau die jüngsten Ereignisse zu erzählen. Nach dem Essen sprachen sie davon, zum Pfarrhaus zurückzukehren, doch er bat sie, nicht zu gehen, da er ihnen etwas sehr Wichtiges zu erzählen habe. Dann enthüllte er ihnen auf die sanfteste und vernünftigste Weise die Entdeckung der vergangenen Nacht, und sie unterstützten diese Mitteilung besser, als er erwartet hatte.

Der fromme Ross erhob seine Augen und sein Herz zum Himmel, in Dankbarkeit für die wunderbare Rettung seines Sohnes, während Mrs. Ross und Joanna an der Brust der anderen schluchzten und Tränen mit ihren Ausdrücken der Freude und Dankbarkeit vermischten. Ellen vergoss eine Träne des zärtlichen Mitgefühls und freute sich, ohne Angst zu haben, den nicht länger eifersüchtigen St. Aubyn zu beleidigen , über die Sicherheit ihres alten Freundes.

Am Nachmittag konnte Charles aufstehen und St. Aubyn schickte seine Kutsche, um ihn zum Pfarrhaus zu bringen, wo er und Ellen bereitstanden , ihn zu empfangen und seinen ehrwürdigen Eltern und seiner zärtlichen Schwester Mut zu machen.

Sie alle ertrugen das Treffen mit einigermaßener Gelassenheit und waren, nachdem die ersten Emotionen vorüber waren, gespannt zu erfahren, wie Charles, mit dem sie in der Nähe von Gibraltar kreuzen wollten, an der Küste von Nordwales einem wütenden Sturm ausgesetzt war.

Er erzählte ihnen, dass fast unmittelbar nach dem Datum seiner letzten Briefe der Befehl zur Rückkehr des von ihm befehligten Schiffes nach England eingegangen sei und dass es nach einer Umrüstung in Falmouth einem kleinen Geschwader beitreten solle, das vor der Küste Frankreichs kreuzte. Auf dem Heimweg sei er auf eine französische Fregatte gestoßen, die seiner an Stärke überlegen gewesen sei, die er aber nach einem hartnäckigen Gefecht, bei dem sein eigenes Schiff schwer beschädigt worden sei, habe einnehmen können. Er habe einige seiner eigenen Offiziere und Mannschaften an Bord der Beute gebracht und einige Franzosen und Algerier , die sie zuvor gefangen genommen hatten, an Bord seines eigenen Schiffes genommen. Die Heftigkeit des Sturms und die Fahruntüchtigkeit seines Schiffes hätten ihn daran gehindert, den gewünschten Hafen anzulaufen, und ihn schließlich an diese Küste getrieben, sodass es ihm in der Dunkelheit der Nacht nicht möglich gewesen sei, seinen Aufenthaltsort ausfindig zu machen . Was aus seiner Beute geworden sei, wisse er nicht, aber da sie bessere Segler als sein eigenes Schiff gewesen sei, sei es wahrscheinlich, dass sie sicher irgendeinen Hafen an der Küste von Cornwall erreicht habe.

„Und nun, meine liebe Mutter", sagte Charles, „wenn wir nur meine Truhe sichern können, werden wir darin einen gemütlichen kleinen Schatz an Dollars und ein paar ziemlich wertvolle Juwelen finden, die ich als Mitgift für Joanna ausgeben möchte, falls sie jemand haben möchte" (und er warf Griffiths einen schelmischen Blick zu, dessen zärtliche Besorgnis um seine Schwester ihm nicht entgangen war), „und wenn nicht, habe ich Anspruch auf einen annehmbaren Anteil des Preisgeldes, für das ich hart gekämpft habe und das dazu beitragen wird, Ihnen und meinem Vater das Leben zu erleichtern. Natürlich muss ich mich wegen des Verlusts des Schiffes seiner Majestät vor ein Kriegsgericht stellen, aber das ist nur eine Formsache, und ich bin sicher, dass meine Männer bezeugen werden, dass ich alles in meiner Macht Stehende getan habe, um es zu retten – und es war ein hübsches Geschöpf: Ich möchte nie wieder auf einem besseren Schiff segeln, aber es ist nicht meine Schuld, also muss ich zufrieden sein."

Sie lächelten über seine seemännische Lässigkeit und waren sehr froh zu hören, dass seine Seekiste mitsamt ihrem gesamten Inhalt sicher an Land gebracht worden war.

Trotz St. Aubyns menschlicher Fürsorge für seine eigenen Landsleute vergaß er die unglücklichen Gefangenen, die an einem fremden Ufer ausgesetzt waren, nicht. Er sorgte dafür, dass ihre dringendsten Bedürfnisse befriedigt wurden, und schrieb an die zuständigen Personen in London, um zu erfahren, was ihr künftiges Schicksal sein würde. In der Zwischenzeit begnügte er sich damit, sie mit einer schwachen Wache zu bewachen; obwohl es nicht sehr wahrscheinlich war, dass sie in ihrem gegenwärtigen Zustand – einige verwundet, alle schwach und hilflos – einen Fluchtversuch unternehmen würden.

Einer der französischen Gefangenen war ein katholischer Priester, ein ehrwürdiger und ehrenwerter Mann, der viele Jahre in Gibraltar gelebt hatte. Von dort aus hatte er erfahren, dass er nun sicher nach Frankreich zurückkehren könne. Daher war er an Bord des von Charles Ross gekaperten Schiffes gegangen, in der Hoffnung, seine Tage dort zu beenden, wo sie begonnen hatten, nämlich an den Ufern der Garonne.

Dieser Umstand war erst zwei Tage nach dem Schiffbruch bekannt geworden, und der gute Ross, der diesen unglücklichen Mann als den Diener desselben Herrn betrachtete, obwohl er eine andere Sprache sprach und in vielen Glaubensfragen anderer Meinung war, hatte ihn eingeladen, an seinem eigenen Tisch zu sitzen, und Mrs. Ross hatte, wie die fromme Shunamitin , für ihn „eine kleine Kammer mit einem Bett" vorbereitet, wo er sich ausruhen konnte.

Am Abend dieses Tages war das Wetter außerordentlich schön und Lady St. Aubyn und Joanna äußerten den Wunsch, zum Meeresufer zu laufen , um sich das Wrack anzusehen und die Stelle zu besichtigen, an der Charles und seine Freunde gelandet waren.

Alle schmerzhaftesten Überreste des Schiffbruchs waren beseitigt worden, und die an Land getriebenen Leichen der unglücklichen Seeleute waren auf dem Friedhof begraben worden, wo Griffiths die Trauerfeier abgehalten hatte.

St. Aubyn und Charles hatten noch eine Kleinigkeit zu erledigen, die die Überlebenden betraf, aber sie baten Griffiths, die Damen zu begleiten , und sie würden bald folgen. Mrs. Bayfield wollte auch den Ort sehen, an dem das Schiff untergegangen war, und Ellen wollte, dass ihr kleiner Constantine ebenfalls mitkommen dürfe, da sie dachte, die Seeluft tue ihm gut. Sie brachen daher früh am Abend auf, denn der Sturm hatte die Luft abgekühlt, und sie wollten einige Zeit am Ufer verbringen.

Bald erreichten sie den Strand und fanden das Meer so ruhig und schön vor, dass es ganz anders schien als jenes Element, das in der Nacht zuvor so viel Zerstörung angerichtet hatte.

Griffiths machte sie auf das Wrack aufmerksam, das bei Ebbe ganz in Ufernähe zu liegen schien , und zeigte ihnen die genaue Stelle, an der Charles und die anderen gelandet waren.

Sie schauderten beide und wurden blass bei diesem schmerzlichen Rückblick, und Joanna brachte erneut ihre Dankbarkeit gegenüber St. Aubyn und Griffiths zum Ausdruck, deren Anstrengungen sie gerettet hatten.

Während sie den Strand auf und ab gingen, trafen sie zwei oder drei englische Seeleute, die nach anderen Gegenständen Ausschau hielten , die das Meer vielleicht auf dem Sand zurückgelassen hatte. Im Gespräch mit ihnen erhielten sie ihren Dank und ihre Segnungen für die Fürsorge und Freundlichkeit, die sie erfahren hatten.

Auf einem großen Stück Holz nahe dem Wasserrand saß einer der Algerier . Er sah außerordentlich schwach und kränklich aus, und als sie sich ihm näherten, musterte er sie mit einem Blick düsterer Verzweiflung.

„Wie krank dieser Mann aussieht", sagte Ellen zu einem der Matrosen. „Er wird wahrscheinlich sterben. "

„Ja, Mylady, und er wird sterben, denn er konnte nur mit Mühe hierherkriechen, so krank ist er. Und die Frau, bei der er wohnt, sagt, er beklagt sich die ganze Nacht und findet keine Ruhe."

„Armes Geschöpf!", sagte Ellen. „Er trauert zweifellos um sein Heimatland und die Freunde, die er zurückgelassen hat."

„Ich glaube, Mylady", antwortete der Matrose, „er beklagt seine Verbrechen, denn einer der französischen Gefangenen, der ein wenig Englisch spricht, erzählte mir, dieser Kerl gebe zu, dass er ein großer Sünder gewesen sei und als Christ erzogen worden sei, aber aus Geldgier bei den Türken, Mohammedanern und dergleichen seiner Religion abgeschworen und seinen Gott verleugnet habe."

„Entsetzlich!" sagte Ellen. „Gibt es solche Schurken?"

Während sie sprach, näherte sich das arme, elende Wesen mit schwachen Schritten ihr und fragte sie auf Französisch, ob sie so freundlich wäre, ihm ein Schmuckstück abzukaufen, das er zu verkaufen hatte – alles, was ihm aus besseren Tagen geblieben war.

Ellen sprach Französisch, aber nicht perfekt. Sie konnte es ziemlich gut lesen und verstehen, versuchte jedoch nicht, sich darin zu unterhalten. Sie verstand jedoch, was er sagte, und obwohl sie vor einem Wesen schauderte, von dem sie eine so schockierende Geschichte gehört hatte, bemühte sie sich , ihm höflich zu antworten. Ihre Stimme war jedoch leise und ihr Akzent für den Algerier nicht ganz verständlich . Und da er dachte, sie beabsichtige, sein Angebot anzunehmen, zog er ein Kreuz aus großen, in Gold gefassten Rubinen aus seiner Brust und legte es ihr in die Hand. Er seufzte schwer. Der Anblick dieses Schmuckstücks, das die Geschichte zu bestätigen schien, dass dieser Mann als Christ erzogen worden war, löste in Ellen ein schmerzliches Gefühl aus. Sie bemühte sich, ihm klarzumachen, dass seine Bedürfnisse gestillt werden sollten, ohne dass er sich von dem Schmuckstück trennen müsste, das sie ihm erneut anbot.

In diesem Augenblick kam Mrs. Bayfield mit den Ammen und dem kleinen Constantine auf sie zu. Sie warf einen Blick auf den Algerier – sie zitterte, aber sie sah noch einmal hin. Sie erhaschte einen Blick aus seinen dunklen, düsteren Augen, und der Klang seiner Stimme drang an ihr Ohr. Augenblicklich rief sie aus:

„ *Dieser* Schurke!", und sie riss das Kind von seiner Amme, drückte es an ihre Brust und floh weinend davon. „Kommen Sie, Mylady, oh, kommen Sie um Gottes Willen! Lassen Sie dieses Ungeheuer in Ruhe. Kommen Sie, Miss Ross – rennen Sie! Fliehen Sie ! Er wird uns alle umbringen."

So wild und außergewöhnlich Ellen diese Panik auch vorkam, ihre Füße gehorchten unwillkürlich, und mit dem Kreuz noch immer in der Hand floh sie plötzlich vor diesem armen, kränklichen Kerl, der ihr nicht folgen konnte und erstaunt über ihr scheinbar panisches Verhalten war .

Joanna und Griffiths rannten hinter der Gräfin her, obwohl noch immer niemand den Grund für diese außergewöhnliche Panik kannte. Und die verängstigte Bayfield rannte so schnell, dass sie sie, obwohl sie mit dem Kind beladen war und schon in fortgeschrittenem Alter, nicht leicht einholen konnten.

Während sie weitereilten, keiner von ihnen konnte sich die seltsame Angst erklären, die sie alle erfasst hatte, doch sie wurden von St. Aubyn und Charles Ross empfangen, die in geringem Abstand an Bayfield vorbeikamen, von ihr nicht bemerkt wurden und, als sie sahen, dass Ellen und Joanna offenbar verängstigt waren, ihnen auf einem kürzeren Weg entgegenliefen.

„Was in aller Welt ist passiert?", fragte St. Aubyn , als er sie bleich und fast atemlos sah. „Ellen! Joanna! Was ist passiert? Hat dich jemand erschreckt? Griffiths, was hat sie so erschreckt?"

„In der Tat, Mylord", sagte Griffiths, „ich bin ebenso unwissend wie Sie. Die Damen unterhielten sich am Ufer mit dem armen kranken Türken, und plötzlich entriss Mrs. Bayfield seiner Amme das Kind, rannte davon und rief uns zu, wir sollten ihr folgen, denn wir würden alle ermordet werden. Lady St. Aubyn und Joanna gehorchten sofort, und ich folgte ihr, aber warum oder was der Grund für die Aufregung war, kann ich mir nicht vorstellen."

„Ich glaube – ich denke", keuchte Ellen, „dass Bayfield etwas über den Mann wusste, mit dem wir sprachen, denn sie zitterte, als sie ihn ansah, und sagte, er würde uns ermorden, oder etwas in der Art."

„Was hast du da in der Hand, Ellen?", fragte St. Aubyn . „Bei den himmlischen Mächten! Was ist das?"

Seine Glieder zitterten und er wurde so blass, dass sie dachte, er würde ohnmächtig.

„Es ist ein Kreuz, Mylord", antwortete sie, „ein Kreuz, das der Mann – der Türke – mir verkaufen wollte . – Ich vergaß, dass ich es in der Hand hielt."

Sie gab es ihm. Er warf einen Blick darauf und rief :

„Dieser Mann! Wo ist er? Herrgott noch mal! Kann das sein! "

Und als er plötzlich wieder zu sich kam, rannte er zu der Stelle, wo der kranke Algerier langsam versuchte , ihnen zu folgen.

„Gehen Sie mit ihm", sagte Ellen. „Folgen Sie ihm, Charles. Gehen Sie, Mr. Griffiths. Er kann diesen Mann sicher nicht kennen. Vielleicht könnte etwas Unheil angerichtet werden."

Sie gehorchten sofort. Und als Ellen und Joanna nun stillstanden und St. Aubyn aufmerksam nachsahen , sahen sie, wie er blitzschnell auf den Algerier zuflog . Was er sagte, konnten sie nicht hören, aber sie sahen, wie er mit einer Hand voller Ungeduld dem Türken den Turban von der Stirn riss und ihn mit der anderen heftig am Kragen packte, während der arme, zitternde Kerl vor ihm niedergestreckt zu Boden sank. Inzwischen hatten Griffiths und Charles Ross sie erreicht. St. Aubyn sprach, und sofort packten sie den Algerier , hoben ihn hoch oder zogen ihn vielmehr vom Boden, hielten ihn aber davon ab, sich zu bewegen, obwohl er tatsächlich nicht in der Lage war, sich weit zu bewegen.

Ellen konnte ihre Ungeduld, die Bedeutung dieser Szene zu erfahren, nicht länger zurückhalten und eilte nun auf sie zu, obwohl Joanna so zitternd war, dass sie sie kaum halten konnte. Als sie näher kamen, rief St. Aubyn mit heiserer Stimme vor widerstreitenden Leidenschaften:

„Komm nicht hierher, meine Ellen; lass nicht zu, dass Reinheit wie die Deine die von diesem Monster verunreinigte Luft atmet!

„Räuber! Mörder! Niederträchtiger Abtrünniger von deinem Gott!", rief er mit fast rasenden Gesten dem zitternden Elenden vor ihm zu. „Die Hand der Rache hat dich endlich eingeholt, und die Rechenschaft, die du jetzt ablegen musst, ist lang und schrecklich. Ja, sieh mich an; ich bin der Mann, den du so schwer verletzt hast; ich bin St. Aubyn ."

„Geh, Ellen", rief er erneut, „lass uns allein; Joanna, geh mit ihr; Griffiths, begleite sie; Charles und ich reichen aus, um diesen Schurken festzunehmen; außerdem sind hier Matrosen, die uns helfen werden."

Ellen gehorchte schweigend, so schnell es ihre Angst zuließ, denn jetzt zweifelte sie nicht mehr an der Ursache dieser ganzen Szene, die Joanna und Griffiths so vorkam, als hätte zuerst Bayfield und dann St. Aubyn plötzlicher Wahnsinn befallen .

KAPITEL IX.

Oh, es ist monströs, monströs!
Mir war, als würden die Wogen sprechen und mir davon erzählen :
Der Wind hat es mir vorgesungen; und der Donner,
diese tiefe und schreckliche Orgelpfeife, hat meine Übertretung beklagt!

STURM.

——So
rollen die Jahreszeiten unaufhörlich durch eine unruhige Welt, doch
sie sind immer noch glücklich, und der zustimmende Frühling
wirft seinen eigenen Rosenkranz auf ihre Köpfe.

THOMSON.

Langsam und mit zitternden Schritten verließ Ellen den Strand und ging in Richtung Dorf. Sie waren noch nicht viele Meter gegangen, als sie Bayfield und zwei oder drei der Diener entgegenkamen . Die arme Frau konnte schließlich überredet werden, ihr Schützling seiner Amme zu überlassen, die sie eingeholt hatte. Als sie glücklicherweise auf die Diener traf, die aus Neugier an den Strand gingen, um sich das Wrack anzusehen, kehrte sie mit ihnen um, aus Angst, ihrem Herrn oder ihrer Herrin könnte etwas zustoßen.

„Gott sei Dank, gnädige Frau", sagte das gute Geschöpf, das noch immer zitterte und blass aussah, „daß Sie in Sicherheit sind! Auch das liebe Kind ist in Sicherheit: aber wo ist mein Herr? O, mein lieber Herr! Sicherlich hat er sich diesem Elenden nicht allein anvertraut."

„Seien Sie ruhig, Bayfield, seien Sie beruhigt", sagte Ellen. „Sie erschrecken uns mit diesen Gefühlen. Ihr Herr ist in Sicherheit. Mr. Charles Ross und die Matrosen sind bei ihm. Aber wer ist dieser Mann, den Sie so sehr zu fürchten scheinen? Das arme Geschöpf sieht nicht so aus, als würde es irgendjemandem etwas antun, denn es scheint halb tot zu sein."

„Oh, Mylady, haben Sie kein Mitleid mit ihm", rief Bayfield. „Aber sind Sie sicher, dass er keine Pistolen bei sich hat? Es war eine Pistole, wissen Sie, Mylady – aber ich habe es vergessen. Ein Wort, Madam, wenn es Ihnen recht ist." Sie zog Ellen beiseite und sagte: „Eure Ladyschaft wird sich nicht über meine Bestürzung wundern, wenn ich Ihnen sage, dass der Mann, mit dem Sie sprachen, genau die Person war, die mein Lord so lange vergeblich gesucht hat; es war dieser arme De Sylva! Oh, ich erinnere mich an den Blick seines dunklen, bösartigen Auges: Er ist mir seit dem Abend, an dem ich ihn zufällig mit meiner verstorbenen Lady beim Spaziergang im Cork Grove traf, drei oder vier Tage vor ihrem Tod, als ich nicht wusste, dass er sich viele Meilen von dem Ort entfernt befand, nie aus dem Gedächtnis verschwunden; und als er sie zusammen sah, warf er mir einen solchen Blick zu; ich werde ihn nie vergessen: Ich dachte, er sah mich am Strand genauso an, und ich erwartete jeden Moment, dass er eine Pistole zücken und einen von uns erschießen würde – vielleicht das Baby aus Bosheit gegenüber meinem Lord, und das ließ mich auf diese Weise davonlaufen: Oh, ich war nicht ich selbst, und werde es auch heute Nacht nicht wieder sein. Oh, wenn mein Lord de Montfort hier wäre, um all seinen grausamen Zweifeln für immer ein Ende zu setzen , denn der Schurke wird jetzt sicher alles gestehen.“

Ellen hörte ihr mit stiller, aber aufgewühlter Erregung zu und eilte, so schnell sie konnte, zum Pfarrhaus, schickte die Männer jedoch zu ihrem Herrn.

Da das Pfarrhaus näher am Strand lag als die Farm, machten Ellen und ihre Freunde dort Halt und baten Mr. Griffiths, schnell nach St. Aubyn zurückzukehren und ihm zu sagen, wo er sie finden würde. Dann bat sie Ross, sie in sein Arbeitszimmer zu begleiten, und da sie wusste, dass er genau mit den Umständen vertraut war, die St. Aubyn in Spanien widerfahren waren , bat sie ihn um Rat, wie sie weiter vorgehen sollten. Er würde versuchen , die heftigen Emotionen zu beruhigen, die die Entdeckung von De Sylva in St. Aubyn hervorgerufen hatte .

„Sicherlich“, sagte der fromme Ross, „ist die Hand des Himmels in diesem außergewöhnlichen Ereignis offensichtlich! Die freundliche Menschlichkeit, die Lord St. Aubyn dazu veranlasste , die armen Seeleute im Sturm zu retten, war nicht nur das Mittel, wodurch das Leben meines Sohnes bewahrt wurde und die grauen Haare seiner Mutter und mir davor bewahrt wurden, voller Kummer ins Grab zu sinken, sondern hat ihm, so hoffe ich, auch die Genugtuung verschafft, die er sich am sehnlichsten wünschte, indem er De Sylva wieder in seine Reichweite brachte. Wunderwirkende Vorsehung! Aus welch scheinbar unwahrscheinlichen Gründen bringt deine allmächtige Hand die interessantesten Ereignisse hervor!“

hörte man draußen ein Treiben , und St. Aubyn stürzte ins Zimmer, bleich, aufgeregt, fast atemlos. Charles Ross, Griffiths und zwei oder drei Matrosen folgten und führten oder trugen den elenden De Sylva: elend war in der Tat sein ganzes Erscheinungsbild: Sein türkischer Turban war ihm vom Kopf gerissen worden, und sein langes schwarzes Haar strömte ihm wild durcheinander ins Gesicht. Das Gesicht, an das sich St. Aubyn noch vor wenigen Jahren erinnerte, als es vor Leben und männlicher Schönheit strahlte, war jetzt blass, hager und zeigte Zeichen vorzeitigen Alters. – Diese Augen, einst so voller Leben und Fröhlichkeit, rollten jetzt in schrecklicher

Bestürzung; und diese Gestalt, so beweglich, so anmutig, als er mit der unglücklichen Rosolia den munteren Tanz anführte, war jetzt von Krankheit gebeugt und vor Angst geschrumpft. – Oh, welche Verwüstung richtet Schuld im menschlichen Gesicht und in der Figur an! so stand er da, mit einem Blick, der jeden Betrachter in Angst und Schrecken versetzte. De Sylva war damals kaum älter als dreißig Jahre, doch die Kraft seiner Konstitution war durch die Exzesse erschöpft, seine Seele war eine Beute jeder Qual, die den Verbrecher quält – sein Lauf war zu Ende; das Grab öffnete sich, um ihn aufzunehmen, und in wenigen Tagen war klar, dass sein Leben und seine Sünden zugleich ein Ende haben mussten.

„Geh weg, meine Liebe", sagte St. Aubyn zu seiner zitternden Frau. „Dies ist kein Ort für dich. Du weißt, dass ich weiß, wer dieses elende Wesen ist. Dieses Kreuz, das er dir anbot, war das, was die unglückselige Rosolia an dem Abend trug, als sie diesen Schurken in der Einsiedelei traf. Sieh hier meine Chiffre auf dieser goldenen Platte, denn sie war, zusammen mit der reichen Halskette, an der sie hing, mein Geschenk. Geh, meine Liebe. Die Geschichte, die dieser elende Mann zu erzählen versprochen hat, ist für dein zartes Empfinden nicht geeignet."

Ellen gehorchte sofort und gerne, und auch die Matrosen wurden fortgeschickt, denn der unglückliche Mann war schwach und erschöpft und zu krank, um einen Fluchtversuch zu unternehmen. Auch konnte er nicht sprechen, bis ihm einige Stärkungsmittel verabreicht worden waren.

Während dieser Pause schlug Ross St. Aubyn vor , es sei angebracht, eine Person anwesend zu haben, um De Sylvas Geständnis entgegenzunehmen, die es genau so aufnehmen könne, wie es vorgetragen worden sei. St. Aubyn , der als einziger die französische Sprache ausreichend beherrschte, um dies zu tun, war jedoch aufgrund seiner extremen Erregung dazu nicht in der Lage. Außerdem kam Ross der Gedanke, dass diese Person in keinerlei Verbindung zu Lord St. Aubyn stehen sollte , damit sein Zeugnis völlig frei und unbeeinflusst sein könne.

St. Aubyn war völlig derselben Meinung, wusste jedoch nicht, auf wen er sich festlegen sollte, als Ross sich plötzlich an den katholischen Priester erinnerte, der sich in diesem Moment tatsächlich im Haus befand und den St. Aubyn noch nie gesehen hatte.

Dieser ehrwürdige alte Mann wurde dementsprechend vorgeladen , und St. Aubyn erklärte ihm in wenigen Worten die Art des von ihm geforderten Dienstes. Er erklärte sich bereit, die Aussage von De Sylva aufzunehmen und zu bezeugen.

Er sprach Französisch und machte aufgrund seiner Schwäche und Erregung häufige Pausen und Unterbrechungen.

„Ich bin gebürtiger Franzose, trat jedoch schon in jungen Jahren in die spanischen Dienste ein, da mein Vater gestorben war und meine Verwandten mütterlicherseits aus dieser Nation sich verpflichteten, für meine zukünftige Beförderung zu sorgen.

„Ich brauche nicht zu wiederholen, mein Herr, wie meine Bekanntschaft mit Ihnen begann, noch die Freundlichkeit, mit der Sie mich in Ihrer Villa in der Nähe von Sevilla empfingen, ein Empfang, für dessen Gastfreundschaft ich mich später so schlecht revanchierte.

„Die Schönheit von Lady St. Aubyn zog alle Blicke auf sich, insbesondere meine, denn ihr Blick strahlte mich freundlich an.

„Ich will Sie nicht beleidigen, Mylord, indem ich Ihnen den Verlauf unserer Intimität im Detail schildere: Sie waren darüber unzufrieden und brachten sie plötzlich in eine Villa in der Nähe der Sierra Morena . Mit Hilfe von Theresa, ihrer Lieblingszofe , brachte sie es fertig, mich wissen zu lassen, wohin sie gegangen war, und sobald ich Urlaub bekommen konnte, folgte ich ihr.“

„Wir trafen uns häufig in den Wäldern rund um die Villa und wurden einmal bei einem Spaziergang im Cork Grove von Ihrer Haushälterin, Mrs. Bayfield, empfangen, und ich hatte Grund zu der Annahme, dass sie danach die Aktivitäten ihrer Lady beobachtete.

"Lady St. Aubyn , die ihres öden Lebens überdrüssig war, schlug vor, mit mir nach Paris zu fliehen. Zu diesem Zweck gab sie mir mehrere Geldbeträge und eine große Anzahl wertvoller Juwelen, darunter einen sehr schönen Ring, der, wie sie mir sagte, Ihr Eigentum, Mylord, und von Ihnen sehr geschätzt würde. Sie gab zu, dass sie ausgerechnet diesen Ring mitgenommen hatte, weil sie wusste, dass der Verlust Sie ärgern würde. Und da Bayfield als Einziger Zugang zu den Juwelen hatte, hoffte sie, dass der Verlust dieses wertvollen Juwels Sie dazu bringen würde, ihr zu misstrauen und Schande über die Frau zu bringen, die wir beide hassten."

Hier verbarg St. Aubyn sein Gesicht und stöhnte: Es schmerzte ihn zu hören, dass die Frau, die er einst geliebt hatte, so grausam böse gewesen sein konnte.

„Ein paar Nächte später, Mylord“, fuhr De Sylva fort, „sahen Sie, wie ich versuchte, über eine Strickleiter durch das Fenster von Lady St. Aubyns Gemächern zu klettern. Was dann folgte, ist Ihnen wohlbekannt. Doch nichts lag mir ferner, als Sie am verabredeten Ort zu treffen. Im Gegenteil, ich informierte Rosolia durch Theresa über das Vorgefallene und verabredete mich noch auf die gleiche Stunde mit ihr in der Hermitage, wohin ich ein Jungenkostüm mitbringen und in dieser Verkleidung mit ihr durchbrennen wollte. Zu diesem Zweck besorgte ich mir zwei Pferde und stellte sie in einem Dickicht zwischen der Hermitage und der Posada am Fuße des Berges auf, wo ich seit meiner Ankunft in dieser Gegend gewohnt hatte .

„Ich sagte Ihnen, mein Herr, ich hätte dort einen Freund. Aber das war falsch und ich sagte es nur, um Sie zu veranlassen, bis zum nächsten Abend zu warten, damit jeder von uns einen Freund als Zeugen unserer Begegnung hätte.

„ Rosolia beobachtete dich vom Haus aus, nachdem du aus Alhama zurückgekehrt warst. Da du allein gekommen warst, schlossen wir daraus, dass du deinen Freund vergeblich gesucht hattest. Und ich schäme mich zu sagen, wie sehr uns der Gedanke an deine vergeblichen und fruchtlosen Mühen in den wenigen Minuten, die wir zusammen waren, amüsierte.“

„Fahren Sie fort, Sir“, rief St. Aubyn grimmig – „ersparen Sie uns dieses Detail und kommen Sie schnell zum Schluss dieser abscheulichen Geschichte.“

„ Rosolia “, fuhr De Sylva fort, „erzählte ihrem Bruder, sie habe schlimme Kopfschmerzen und würde versuchen , sie durch Spaziergänge loszuwerden. Sie war traurig, sich von diesem jungen Mann trennen zu müssen, und verließ ihn voller Erregung. Sie eilte zur Einsiedelei: Wir hatten keine Zeit zu verlieren: Sie hatte alle Wertsachen mitgebracht, die sie sammeln konnte, und trug um den Hals die schöne Rubinkette, die Sie ihr in Sevilla geschenkt hatten, und genau das Kreuz, das ich gerade den Damen am Strand angeboten hatte.

„Ich drängte sie, sich schnell umzuziehen, und zog mich für ein paar Minuten zurück, während sie ihre männliche Kleidung zurechtrückte.

"Aus Angst vor einer Überraschung und weil ich dachte, dass wir sie vielleicht zu unserem Schutz auf der Flucht brauchen würden, hatte ich die Pistole mitgenommen, die Sie, mein Lord, mir am Abend zuvor gegeben hatten. Diese nahm ich in die Hand, für den Fall, dass sich jemand näherte, um Lady St. Aubyn aufzusuchen. Sollte es jemand tun, war ich entschlossen, ihrer Existenz ein Ende zu setzen. Und (ich werde alles gestehen) es hätte mir nicht leid getan, wenn Bayfield meinen Weg gekreuzt hätte.

„Aber als ich mich umdrehte, um die Eremitage zu verlassen, stieß ich mit dem Fuß gegen eine Unebenheit im Boden, und als ich versuchte , mich wieder zu fangen, löste sich ein Schuss aus der Pistole in meiner Hand, und die Kugel drang in den Kopf der unglücklichen Rosolia ein .

„Sie fiel augenblicklich zu Boden – nur ein Stöhnen entrang sich ihrer Stimme. Ich näherte mich ihr und hoffte, sie sei nur durch den Knall erschreckt oder nur leicht verletzt worden; doch zu meinem Erstaunen und Entsetzen war sie eine atemlose Leiche.

„In diesem schrecklichen Moment war mein erster Gedanke, sofort zu fliehen, denn nur das konnte mich retten. – Aber warum, dachte ich, sollte ich diese wertvollen Schmuckstücke zurücklassen, da sie doch tot ist? – Und oh! – wie verhärtet war mein Herz!"

„Die Frau, die ich bewundert und deren Liebe ich vorgab, hatte in diesem Augenblick ihren letzten Atemzug getan – sie war durch meine Hand gefallen, wenn auch durch einen unbeabsichtigten Schlag, und genau in dem Moment, als sie sich durch eine schuldbewusste Flucht entschlossen hatte, mir den größten Beweis ihrer Liebe zu geben und ihr Schicksal mit dem meinen zu vereinen: doch machten diese schrecklichen Umstände so wenig Eindruck auf mich, dass ich genügend Fassung besaß, die kostbare Halskette von ihrem Hals und die Armbänder von ihren Armen zu lösen, obwohl dieser Körper, der eben noch so blühend und belebt war, noch nicht im Tod erkaltet war. – So ist die Liebe der Bösen!

„Wie ich später herausfand, hatte ich auf irgendeine Weise den wertvollen Ring, den ich zuvor erwähnte, fallen lassen und verloren. Und da ich wusste, dass ich ihn hatte, kurz bevor ich diese verhängnisvolle Einsiedelei betrat, schloss ich daraus, dass ich ihn dort verloren hatte.

„Ich floh nun so schnell wie möglich zu der Stelle, wo meine Pferde standen, stieg auf eines, führte das andere und galoppierte mit voller Geschwindigkeit davon.

„Da ich zu dem Schluss kam, dass meine erste Suche in den Bergen stattfinden würde, nahm ich eine Straße direkt gegenüber und erreichte in dieser Nacht die kleine Stadt Andurar . Dort verkaufte ich meine Pferde und kaufte Wechselkleidung, damit die Kleidung, die ich trug, mich nicht identifizieren konnte. Ich schloss daraus, dass ich des vorsätzlichen oder versehentlichen Mordes an der unglücklichen Gräfin verdächtigt werden würde. Aber ich war auch davon überzeugt, dass ich meinen Verfolgern zwei oder drei Stunden voraus sein würde, da sie zumindest zu dieser Zeit ständig umherwanderte und daher nicht vermisst werden würde.

Ich reiste jedoch hauptsächlich nachts und hielt mich tagsüber in dichten Wäldern oder den Überresten maurischer Burgen auf. In die Nähe von Städten oder Dörfern wagte ich mich nur, wenn ich unbedingt Proviant brauchte. Da mein Urlaub schon seit einiger Zeit abgelaufen war, machte die Angst, als Deserteur verhaftet zu werden, für meine Sicherheit die strengste Vorsicht erforderlich.

„Nach etwa einer Woche erreichte ich Almaneca , und nachdem ich einige meiner Juwelen verkauft hatte, ging ich an Bord eines Schiffes, das nach Venedig fuhr, wo ich einige Zeit bleiben wollte, und dann unter einem anderen Namen nach Paris fahren wollte, wo ich, wie ich wusste, nicht erkannt würde, weil ich Französisch wie ein Einheimischer sprach. Wir waren erst drei Tage auf See, als ein algerischer Korsar auf uns zukam, und nach einem kurzen, aber heftigen Gefecht wurden wir gefangen genommen und nach Algier verschleppt .

„Hier wurde ich all meiner unrechtmäßig erworbenen Reichtümer beraubt, mit Ausnahme des Kreuzes, das ich aus Liebe zur Erinnerung an die unglückliche Rosolia so sorgfältig verbarg, dass es nicht entdeckt wurde. Ich fand mich als Gefangener wieder und schien dazu verdammt, meine Tage in Sklaverei zu beenden.

„Ich hatte das Glück, von einem Meister gekauft zu werden , der beim Dey hoch im Kurs stand . Er war erfreut über meine Lebhaftigkeit und mein musikalisches Geschick und nahm mich in seine Gunst auf. Schließlich lockte er mich mit so hohen Angeboten, wenn ich Mohammedaner werden wollte , dass ich, der ich nie wusste, was wahre Religion ist, und meine Prinzipien zu leicht nahm, um sie mit aller Kraft zu verteidigen, bald einwilligte, das zu sein, was er von mir wollte. Ich schwor feierlich dem christlichen Glauben ab und wurde sein Adoptivsohn und Erbe all seiner Reichtümer. Auf diese Weise konnte ich auch sicher sein, jeder Suche zu entgehen, die nach mir gemacht werden könnte; denn wer könnte auf die Idee kommen, De Sylva unter dem Turban eines Türken und im Adoptivsohn des Bey Abdallah zu suchen?

„Vor etwa einem Jahr starb mein Adoptivvater. Da ich des trägen und trägen Lebens, das die Türken normalerweise führen, überdrüssig war, beschloss ich, ein bewaffnetes Schiff auszurüsten und mir die Zeit zu vertreiben, indem ich den Archipel hinaufsegelte und einige der griechischen Inseln besuchte. Dabei hatte ich die leise Absicht, Algier ganz zu verlassen und in einen europäischen Staat zurückzukehren. Zu diesem Zweck nahm ich alle Schätze mit, die ich transportieren konnte. Diesen Plan führte ich in die Tat aus. Doch ich hatte Algier noch nicht lange verlassen, als wir von einer französischen Fregatte angegriffen und gefangen genommen wurden.

„Von diesem Moment an habe ich nie wieder Frieden gefunden.

"Aus Angst, entdeckt zu werden, im Wissen, dass ich die Strafe für Desertion erleiden würde, wenn wir einen spanischen Hafen anlaufen würden, und erkannt würde; aus Angst, des Mordes an Lady St. Aubyn angeklagt zu werden , von dem ich mich, obwohl unschuldig, nicht reinwaschen konnte; und vor allem, weil mir durch die Rückkehr unter Christen die Sünde bewusst wurde, deren ich mich schuldig gemacht hatte, indem ich von meinem Glauben abfiel, führte ich ein Leben in Angst, Unruhe und Angst - ein Leben, von dem ich fühle, dass es bald zu Ende sein wird: und, oh, wie schrecklich ist der Gedanke, dass meine Strafe gerade erst beginnt .

„Oh, Sir", fügte der arme Kerl hinzu und warf sich dem ehrwürdigen Priester zu Füßen, der, wie alle Anwesenden, die Einzelheiten seiner Verbrechen mit Entsetzen vernommen hatte, „Sie sind ein Priester, ein Katholik jener Kirche, die ich so schändlich verlassen habe. Können Sie mir Hoffnung geben? Werden Sie für mich beten?"

„Ich bin Priester und Katholik", antwortete der alte Mann, „und werde Ihnen gern und mit aller Kraft Trost spenden. Im Augenblick haben Sie durch Ihr Geständnis den besten Beweis Ihrer Reue erbracht, und um dies zu bestätigen, müssen Sie es mit Ihrem Namen unterschreiben und die Wahrheit dessen, was ich geschrieben habe, vor allen Anwesenden anerkennen."

Anschließend gab er De Sylva das Papier zum Lesen, der es unterschrieb und für richtig erklärte.

„Ich würde es schwören", fügte er mit gebrochenem Herzen hinzu , „aber oh! Worauf kann ein Schurke wie ich schwören und wird ihm geglaubt?"

Er wurde nun in ein ordentliches Bett im Haus von Ross gebracht, der ihn wie ein echter christlicher Pfarrer nicht seiner Verzweiflung überließ. Stattdessen setzte er sich an sein Bett und bemühte sich gemeinsam mit dem katholischen Priester De la Tour mit tröstender Aufmerksamkeit und auf seiner gegenwärtigen Reue beruhender Hoffnung, den eifrigen, sich einmischenden Dämon zu vertreiben, der die Seele des Elenden so hartnäckig belagerte.

Der elende De Sylva dümpelte fast eine Woche dahin, gequält von Schuldängsten, und wagte kaum, auf Gnade zu hoffen. Doch seine frommen Tröster ließen ihn auf Gnade hoffen, denn er bereute zutiefst und suchte sie in jenem heiligen Namen, den er einst verleugnet hatte, nun aber in aller Demut anerkannte.

Am sechsten Abend verstarb er.

„Urteilen Sie nicht, denn wir sind alle Sünder."

Sobald De Sylvas Geständnis eingegangen war, schickte St. Aubyn einen Eilboten an die zuständigen Personen in London und bat um die Erlaubnis, den französischen Priester Jean Batiste de la Tour nach Oxfordshire zu schicken . Dort befand sich seines Wissens Lord de Montfort zu dieser Zeit auf einem seiner Posten mit Papieren von äußerster Wichtigkeit für den Edelmann und für ihn selbst, da De la Tour Zeuge der Beichte eines inzwischen verstorbenen Gefangenen gewesen war, bei der es um Angelegenheiten von äußerstem materiellem Interesse ging. Er bat auch um die Erlaubnis, dass De la Tour weiterhin im Gefolge von Lord de Montfort bleiben oder auf Ehrenwort auf Schloss St. Aubyn freigelassen werden dürfe , bis er die Zustimmung der Regierung zu seiner Rückkehr in sein Heimatland erhalten könne. Denn St. Aubyn konnte es nicht ertragen, dass dieser hilflose und ehrwürdige alte Mann als Kriegsgefangener zurückblieb und seine Tage in einem fremden Land beschließen sollte.

Die Antwort fiel im Sinne seiner Lordschaft aus und Charles Ross übernahm die Eskorte von De la Tour nach Oxfordshire . In der Zwischenzeit traf eine Abteilung ein, um die anderen Gefangenen bis zum Depot in Shropshire zu bewachen .

Ross und De la Tour reisten gemeinsam ab. Mit ihnen nahmen sie die Aussage von De Sylva, das Kreuz der unglücklichen Rosolia , das in seinem Besitz gefunden worden war, und alle anderen Dokumente mit, die De Montfort überzeugen konnten.

Im Dorf Llanwyllan schien nun wieder Ruhe eingekehrt zu sein , doch trotz der Genugtuung, die St. Aubyn darüber empfand, sich so vollständig von jeglichem Verdacht befreien zu können, der möglicherweise noch in Edmunds Brust lauerte, war sein eigener Geist keineswegs ruhig.

Schmerzhaft war der Rückblick, den De Sylvas Geständnis ihm aufgezwungen hatte: jedes Elend, das er so viele Jahre zuvor erlebt hatte, schien sich zu wiederholen, und seine Vorstellungskraft verweilte bei den grauenhaften Szenen der Eremitage. Der blutende Körper Rosolias lag wieder in seiner Vorstellung vor ihm, und sein Mitleid mit ihrem elenden Schicksal, das „selbst in der Blüte ihrer Sünden abgeschnitten" war, ließ ihn all die Verbrechen vergessen, die sie ihm gegenüber begangen hatte.

Viele Tage lang war er äußerst niedergeschlagen und es bedurfte all der zärtlichen Aufmerksamkeit Ellens und des aufmunternden Lächelns seines lieben Jungen, um die schmerzlichen Eindrücke, die die jüngste Entdeckung dort hinterlassen hatte, aus seinem Gedächtnis zu vertreiben.

In kürzester Zeit kehrte ein Bote von Lord de Montfort zurück. Er bekannte, dass er von St. Aubyns Unschuld überzeugt sei , und bat ihn um Verzeihung für die Jahre der Unruhe, die er aufgrund seiner Verdächtigungen erleiden musste. Er brachte seine größte Dankbarkeit zum Ausdruck für St. Aubyns nachsichtige Freundlichkeit und sein Verhalten gegenüber seiner unglücklichen Schwester, für die er nun so überzeugende Beweise hatte, und seine Abscheu vor ihrer Schuld war zu überwältigend, um darüber nachzudenken. De la Tour bat er, in seinem Gefolge zu bleiben, bis seine Rückkehr nach Frankreich arrangiert werden konnte, sollte der alte Mann dies schließlich wünschen.

Kurz nachdem dieser Brief eingetroffen war, erhielt Ellen einen weiteren von Lady Juliana, in dem sie ihre Unzufriedenheit über ihren langen Aufenthalt in Wales zum Ausdruck brachte und sie bat zu bedenken, dass sie in ihrem Alter nicht mehr lange von ihrer Gesellschaft und dem Lächeln ihres geliebten Constantine genießen könne, dessen Wachstum und Entwicklung sie so gern miterlebt hätte.

Dieser Brief veranlasste Lord und Lady St. Aubyn dazu, Wales so bald wie möglich zu verlassen. Der Herbst brach bereits an und sie fürchteten um die schrecklichen Straßen ihres jungen Reisenden . Natürlich wollten sie noch vor Ende des Sommers im Schloss sein .

Lady St. Aubyn hatte sich jedoch fest vorgenommen, Joannas Hochzeit zu zelebrieren und alles für den Umzug der Rosses auf die Farm arrangieren zu lassen. Außerdem war es notwendig, dass Charles Ross aus eigenen Gründen nach London reiste. Joanna ließ sich daher dazu bewegen, Griffiths früher ihre Hand zu geben, als sie eigentlich vorgehabt hatte, und Anfang August wurde die Zeremonie von dem ehrwürdigen Ross durchgeführt. Lord St. Aubyn gab die Braut zum Altar und sagte nach Abschluss der Zeremonie:

„Mögen Sie, meine liebe Joanna, und Ihr würdiger Ehemann so viel Glück erfahren wie ich und meine liebe Ellen, seit dieser Altar Zeuge unserer gegenseitigen Gelübde war, und Sie werden tatsächlich so glücklich sein, wie die Menschheit es sich nur wünschen kann.“

Ellen umarmte ihre alte Freundin zärtlich und schloss sich unter Tränen der Zuneigung den guten Wünschen ihres geliebten Herrn an.

Die gesamte Garderobe der Braut war ein Geschenk von Lady St. Aubyn , die ihr Urteilsvermögen bewies, indem sie alles von hervorragender Qualität, aber nichts Feines oder Auffälliges bestellte .

Lord St. Aubyn schenkte dem frisch vermählten Paar mehrere schöne und nützliche Gegenstände aus Porzellan und Möbeln, und als sie Llanwyllan verließen , hatten sie die freudige Gewissheit, dass der ehrenwerte Powis es bei seinen neuen Bewohnern wirklich bequem haben würde und dass alle ersten Bekannten Ellens im Rahmen ihrer Wünsche gesegnet wurden.

Charles Ross reiste einen Teil des Weges mit Lord und Lady St. Aubyn und war voller Dankbarkeit für all ihre Freundlichkeit ihm und seiner Familie gegenüber. Und da alle seine Wünsche in Erfüllung gegangen waren, freute er sich, Zeuge des Glücks seiner einst geliebten Ellen zu werden, ohne ihren vortrefflichen Lord um sein Glück zu beneiden.

Bald darauf hatten sie die Freude zu hören, dass alle Angelegenheiten im Zusammenhang mit seiner letzten verheerenden Reise glücklich und ehrenvoll geregelt worden waren, seine Beute sicher den Bestimmungshafen erreicht hatte und dass Charles Ross durch Lord St. Aubyns Eingreifen bald zum Kapitän befördert wurde und das Kommando über eine schöne Fregatte übernahm.

Die St. Aubyns fanden Lady Juliana vor, die auf ihre Ankunft im St. Aubyn Castle wartete. Und ihre beabsichtigten Vorwürfe wegen ihres langen Aufenthalts verwandelten sich in Freudentränen beim Anblick ihres Liebsten Constantine, der nun allein gehen konnte und mit ausdrucksstarken Blicken der Liebe versuchte , die süßen Namen von Papa und Mama auszusprechen, wenn auch noch nicht perfekt. Und der bald lernte, Lady Juliana an einem liebevollen Lächeln und kleinen Ärmchen um den Hals zu erkennen, wann immer sie sich ihm näherte.

Kurz vor Weihnachten kamen Sir Edward und Lady Leicester in Rose-Hill an, wo sie einige Wochen verbrachten. De Montfort verbrachte den Abend mit mehreren anderen Besuchern im Schloss. Der einst düstere und exzentrische Edmund war ein ganz anderes Wesen geworden; seine Manieren, jetzt lebhaft und heiter, waren sehr elegant, und der geringe Grad an Eigenartigkeit, der sich noch manchmal in seinen Ausdrücken zeigte, schien seinem Charakter nur einen Anflug von Originalität zu verleihen.

Wir sind nun mit unserer Erzählung am Ende angelangt , denn Szenen anhaltenden Friedens und Glücks, so wünschenswert sie für die Besitzer auch sein mögen, sind in ihrer Schilderung nur fade.

St. Aubyn und seine bezaubernde Frau genossen lange jenes heitere Glück, das ihre Tugenden verdienten; und indem sie die Szenerie durch gelegentliche Ausflüge nach Wales abwechslungsreicher gestalteten, hatten sie dort den Trost, ihre Freunde von Segnungen umgeben zu finden, für die sie ihnen zu Dank verpflichtet waren. Ob im Schloss oder in London, umgeben von ihrer reizenden jungen Familie, erkannten sie immer noch, dass sie im häuslichen Leben ihr größtes Glück fanden; und ohne mehr Kummer, als untrennbar mit dem Menschlichen verbunden ist, glitten ihre Jahre inmitten der Freuden der Freundschaft und der Wonnen ehelicher und elterlicher Liebe dahin.

DAS ENDE.